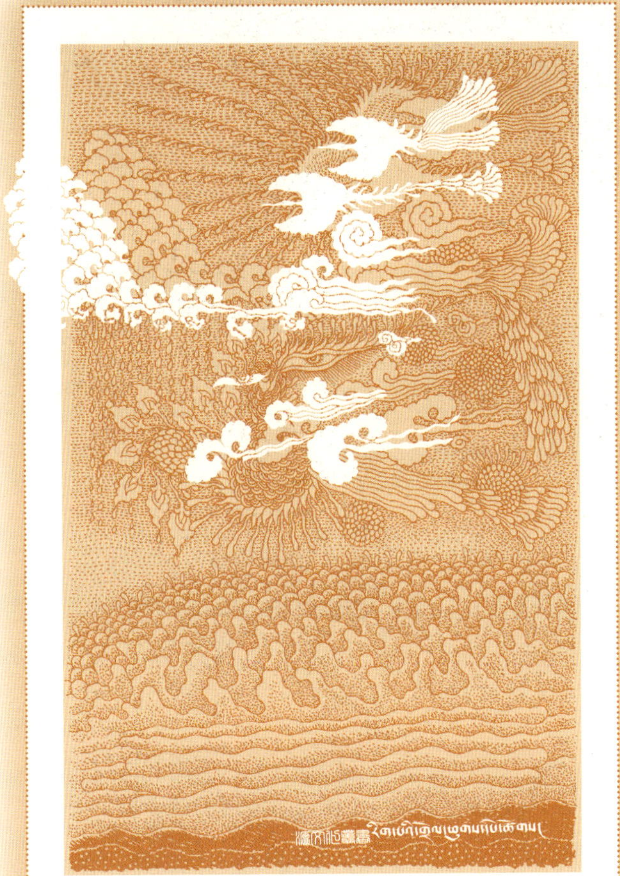

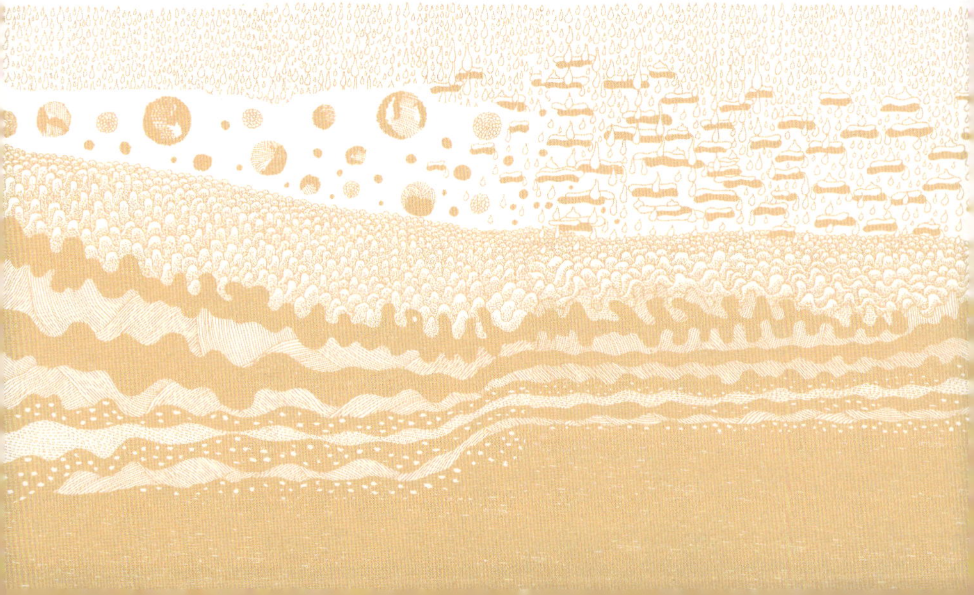

喜马拉雅北麓非虚构作品

源文化丛书

冻土笔记

达森草原的前世今生

古岳 著

青海人民出版社

图书在版编目（CIP）数据

冻土笔记 / 古岳著 . -- 西宁：青海人民出版社，
2020.11（2025.2 重印）
（源文化 / 文扎主编）
ISBN 978-7-225-06101-6

Ⅰ.①冻… Ⅱ.①古… Ⅲ.①纪实文学—作品集—中国—当代 Ⅳ.① I25

中国版本图书馆 CIP 数据核字（2020）第 236630 号

源文化　文扎　主编
冻土笔记　古岳　著

选题策划：王绍玉　责任编辑：马婧
责任校对：梁建强　责任印制：刘倩　卡杰当周
书籍设计：吾要　刘福勤　杨敬华
封面绘画：吾要　封面题字：古岳

出 版 人：樊原成
出版发行：青海人民出版社有限责任公司
地　　址：西宁市五四西路 71 号
邮　　编：810023
电　　话：0971-6143426（总编室）
发行热线：0971-6143516 / 6137730
网　　址：http://www.qhrmcbs.com
印　　刷：陕西龙山海天艺术印务有限公司
经　　销：新华书店
版　　次：2020 年 11 月第 1 版　2025 年 2 月第 2 次印刷
开　　本：889 毫米 ×1194 毫米　1/32
字　　数：150 千字
印　　张：9.125
定　　价：72.00 元
书　　号：ISBN 978-7-225-06101-6

版权所有　侵权必究

青海人民出版社
微信公众号

举目江河源

——代序

马丽华

  青海省玉树藏族自治州治多县素享"万里长江第一县"的美誉，以前多番路过，限于乘车往返于青藏线，连过境游都算不上，直到2017年8月，总算身临其境。这首次到访，是为参加该县举办的简称为"三节"或"两节一会"、全称为"第三届全国嘎嘉洛文化学术研讨会暨三江源国家公园长江源区水文化节和嘎嘉洛文化旅游节"，节庆活动包括集体观摩"源文化"系列展示，"非遗"（非物质文化遗产）剧目演出，乃至传统仪式的祭湖祭河、嘉洛婚庆大典等等；分组活动的各嘉宾群体，包括来自北京和周边省区的格萨尔研究专家、三江源国家公园三大园区的管理者、内地帮扶单位的企业界人士；出席节庆活动的还有作家团队、文化传媒团队，盛会之后还将进行以"源之缘，诗性的长江"为题的采风活动。

  嘎嘉洛是古地名兼氏族部落名，相传为史诗英雄格萨尔王妃森姜珠牡的出生地，让"嘎嘉洛"一词重新绽放，既是将当地传而承之的游牧文化整合进来，为本地打造一个与众不同的旅游名片，同时也作为格萨尔史诗研究的代名词。从嘎嘉洛文化到源文化，于我而言皆为初闻初识，感觉新鲜，联想到这一节庆活动内容的多元综合，可谓一头连接本土文史，一头连接当代热点：时尚的旅游广宣、超前的国家公园建设，总之，一踏进这个相当边远的县城，原本的高海拔纯牧业县，给我的第一感觉竟然是"信息量好大啊"！

随后，我便见证了这套"源文化"丛书的策划过程。作家团队聚集在县城以外大草坝上的一顶帐篷里，多位丛书作者在场，看来酝酿已久，此为最终面议：落实各人承担的选题、确定完稿时间之类具体事宜。虽多为文科人士，但无论来自青海内外，长期关注源区生态和民生，无一不是厚积薄发，尤其看到兼备地质地理学背景的杨勇参与其中，他可是自1986年举步长江源起，就一直在青藏地区进行科学考察探险的学者，所以我当时就在想，这套融自然与人文为一体的丛书读本，稳了！

这套丛书的发起者是文扎先生，不仅如此，听说他还是"嘎嘉洛"文化和"源"文化的倡导者，当然也是身体力行的实践者。此前我同文扎先生素未谋面，不过并不妨碍我们一见如故，他正是我遍访西藏各地所熟悉的那类"额头上有光芒闪现"的、独具乡土特质的文化名人，是地方文化的代表人物和代言人，这类智者对家乡故土的风物风情珍爱极了，且满怀了感恩之情，哪个地方有了他们，便有福了；所承载其上的文化面貌，也会随之生动起来。难得的是，文扎先生并未止步于守望守护，而是与时俱进，孜孜矻矻致力于开拓创新。正所谓"念念不忘，必有回响"，而回响来自方方面面，你看当下，就有这套以"源文化"为名的丛书得以出版问世，当是实体化了的回响反馈。

"源文化"的内涵还在深入探讨中，可能需要补充完善。但就其本义而言，是知性的，更带感情，这感情里包含着乡愁，更洋溢着豪迈之情。你看治多县境内外，北部有昆仑续接巴颜喀拉的群山叠岭，西部是知名度颇高的可可西里荒原；沿着长江上游通天河溯源而上，是唐古拉山脉，那里是长江和澜沧江的源头所在。长江上游通天河流经治多，治多的藏语含义正是"江源"，"源文化"实至名归。

有了得天独厚的自然背景依托，辅以时代背景——坐拥长江、黄河、澜沧江三江之源的青海省，在筹建三江源国家公园的这些年里，生态意识被空前激发，影响到文学界，虽说本土文化原生态天然地契合于现代环保理念，文学创作自带生态环境意识，不乏对人与自然关系的求索探讨，但是近年来在青海，自然文学、生态书写还是被空前强调，生态书写研究紧随其后，上一年在西宁举办青年作者培训班，巨幅标语正是"深耕黄河文化，厚植青海故事"；青海省作协甚至在祁连山国家公园常设"自然文学创作基地"……这些都是唯青海才有魄力和能力展现的文学风景。所以说，青海不仅在国家公园建设方面领先于全国，在生态文学写作方面也是率先垂范。就这一意义而言，"源文化"丛书的出版并非孤立现象，可视为生态书写的一次良好示范。

尽管终于脚踏实地拜访过治多县城，终究还是一过客。回想很多年以前，每每沿青藏公路109国道翻越唐古拉山口，春夏秋冬走过。这座了不起的山脉，不仅是青海、西藏的行政区划边界，在自然地理方面也是相当著名的分水岭：按照以北以南的源点流向，成为内流河或外流河。从唐古拉山脉发源的长江与澜沧江，可作为教科书式的现身说法。同属一座高原，多年里我对青海充满向往，不时有所涉笔：20世纪90年代采写过可可西里科考、在可可西里为保卫藏羚羊牺牲的治多县英雄杰桑·索南达杰；进入21世纪以来，持续了解有关三江源多项生态工程、国家级自然保护区和国家公园建设等等；写过流经横断山区的澜沧江，甚至为长江、黄河的演化史写过小传……如此常怀崇敬之情，以至于为本文所拟题目，需要用到"举目"，意在无论自然造就还是人为努力，青海始终令我仰望。

三年前在治多县城外的帐篷里，就有动议让我这个虚长几岁的人作序，盛情难却，虚应下来。丛书即将面世，首先祝贺诸位辛勤笔耕的作者们，道一声"辛苦"。当真要我兑现，那就重在参与，只好写下片段感想和一份感动，忝为代序。

2020年10月于北京

目 录

迪嘎盖	1
欧 沙	13
邻居·鼠族的鸣叫	25
冻土地带	39
拉姆德钦和东珠	67
嘉洛和贡拉措的童年	79
源·琼果阿妈	91
文扎·源文化之问	103
邻居·牧人	127
最后的冰川	145
牧场·卓巴仓	187
糌 粑	211
刻在石头上的文明史诗	225
牧人·羊·畜群和日子	243
后 记	273

迪嘎盖

迪嘎盖的夕阳

静下来吧，静下来　　　　　而后，走进这片草原
让心听到花开雨落　　　　　倾听，似有马蹄声响起
让肌肤感受风轻云淡　　　　凝望，一湖星光照耀山岗
收集畜群踩碎的夕阳　　　　经幡浩荡，风马飘摇

静下来吧，静下来　　　　　我在来世的路上
让血脉和着流水　　　　　　想起前世的歌谣
让思绪漫过天涯
重温帐前远逝的牧歌

除了睡觉的时候，三岁的贡拉措很少安静地待在屋里。她总是愿意在草原上跑来跑去，或随处溜达。她母亲拉姆德钦得时时留意，才不至于让她从自己的视线中消失，哪怕一会儿也不行。

因为，山上有狼，拉姆德钦担心女儿的安危。两天前，狼刚刚叼走了她们家今年刚出生的一头小牦牛。这是她们家近几天损失的第二头小牛犊，就在这头小牦牛出事的前两天，还有一头小牦牛也让狼给叼走了，手法都一模一样。它先是咬死了小牛犊，而后，可能喝了几口血，咬断了小牛犊的脖子，叼着小牛头，往南面的迪嘎拉姆秋吉山上跑去。每次，人们发现狼时，它都快到山脚下的谷口了，再走几步，进了山谷，就很难被发现了。

欧沙告诉我，那山上一定有狼窝，还有一窝狼崽，否则，狼是不会费老大劲拖着小牛犊的尸体往山里走的。它之所以把战利品带回家，就是为了幼崽。为什么只叼着小牛头呢？因为它叼不动整个的一头牛，即便是一头半岁多的小牛犊也难。而且，小牛犊身旁一般都会有大牛护着，牛群外围还有雄壮的公牦牛守护，成年公牛粗壮尖利的犄角是杀狼的利器，稍有不慎，它便会刺穿狼的身体，即便能侥幸逃脱，也难保不留下终生伤痛。所以，每次实施攻击前，如何掩"牛"耳目、瞒天过海、骗过所有大牛和公牛的注意力，着实要费一番心思。

以前，草原上有羊群的时候，狼也不愿意攻击牦牛，相比而言，捕获一只羊比一头牛犊要容易得多。可后来，这一带草原上已经没有羊了，不得已，狼只好将攻击目标改为牛了。虽然，难度加大了，但是作战方略并未有多大的变化，还是乘人不备、攻击弱小那一套。

欧沙说，叼小牛头回去，不仅是让小狼崽美餐一顿，说实话，小牛头上也没多少肉。更主要的是，它要用圆嘟嘟的小牛头来训练后代的厮杀本领。作为狼族，你要在人类居住的雪山草原上生存，没有凶狠的厮杀本领很难立足。

欧沙说，这南面的山上以前没有狼窝，以前的狼窝在北面的山上，南边是八仙女迪嘎拉姆秋吉的领地——仙女可能不喜欢与狼共舞。也可能是因为北面山脚下修了一条公路，作为狼，要在一条整日里有人类驾驶的机器轰鸣的公路边安身，那无异于拿自己的生命当儿戏了。

现在，民间没有枪支了，还好点儿，要是以前，它们就得时刻面对阴森森的枪口，那日子还能过吗？即使没有枪了，白天还好，在无数个漆黑的夜晚，它的族类也难保不从那公路上穿行。而假如此时，突然有一辆车呼啸着迎面而来，明晃晃的车灯照射下，它一定会惊慌失措。而那车辆一定会不自觉地突然加速，直接撞过来。好像受到惊吓的不是狼，而是那车辆。根据这些年山野公路上每每有狼被撞死的现象分析，这种情势下，狼都难逃一劫。

所以，它从北面的山谷迁到了南面的山谷。它赖以生存的家园还是同一片草原，只是换了个新家，挪了个窝。所不同的是，以前，它出门之后，一般都要向南眺望，现在则要向北而望了——那里有它曾经的居所。每次看到从昔日的家门口轰鸣着飞驰而过的那些庞然大物，它都会有后背发凉的感觉，它知道，那就是后怕。好在，除了那条公路，两山之间的其他变化倒也不是很大，这给了它很多安慰。虽然，草原上的牧草没有以前好了，尤其是没有以前那么茂盛，也没有那么高了，但比起邻近其他草原的情况，这已经是万幸了。感谢祖先！至少这里还有牧草生长。

但它们依然怀念牧草茂盛的年月，那个时候，它们走到哪里都有草丛的遮掩，都不担心会被人类发现。而且，可能它们比人类更加贴近地面的缘故，只要稍有风吹草动，人类的任何举动都不会逃过它们的法眼。它们会觉察和听见几公里以外一片草叶的鸣叫和人类最轻微的脚步。

虽然，老鼠，一种人类称之为鼠兔的老鼠越来越多，但是，狼并不像人类那样痛恨老鼠。不仅不痛恨，甚至还非常喜欢。在人类将牛羊——显然，现在只有牛了——赶往冬季草场之后的漫长冬季，当严寒来袭而它们储存的食物又不足以抵御寒冷和饥饿时，正是那些老鼠养活并延续着它们族群的血脉。

它们不明白，人类为什么要憎恨这些小生命。据狼族的传说，这些小生命在这片草原生存了几千万年之后，狼族才来到这里定居。又几千万年之后，这里才出现了人类的踪影。人类侵占了它们的家园不算，还想将它们赶尽杀绝，用枪射杀，用毒药毒害，曾一度，它们确实到了濒临灭绝的程度，这几年才算稍稍缓过气来。比起人类对它们的残害，它们对人类的那点儿伤害根本算不了什么。要不，也不会所有的生灵都在急剧减少，只有人类的种群在迅速膨胀，连人类自己都说，这是人口大爆炸。

不过，鼠族也许更喜欢草原后来的变化，因为牧草日益稀疏，地面一览无遗，这给了鼠族以开阔的视野。想来，智慧的人类几乎能看穿一切，人类有两个成语，一个是鼠目寸光，另一个是胆小如鼠，真是切中要害、一语中的。因为，鼠族不仅目光短浅，而且胆小，牧草茂盛的地方，它们看不远，就害怕，就难以生存，所以，以前的草原上老鼠很少。从这个意义上说，鼠族的黄金时代已经来临，也许正是恨鼠如仇的人类为它们开启了这个时代。

两山之间是一片开阔的草原，叫迪嘎盖草原，最低海拔超过了4650米，一直是达森牧人的夏季牧场。以前只有12户人家，现在，除了已经搬迁到县城的牧户，还有17户牧人每年夏天来这里游牧。中间有一条河，叫恩钦曲，是长江一级支流聂恰河的两大源流之一，蜿蜒清澈。河谷草原东西纵深约20公里，南北宽阔处也不足3公里，平缓开阔，绿草如茵。草原四周皆石山也，山峰之上花白色岩石犬牙交错，嶙峋巍峨。山巅之上，白天总有云雾缭绕；清晨和夜晚，白雾则落到山脚下，一层层缠绕着，山峰缥缈其上，疑似仙境。

那天——2018年8月3日午后，从多彩河谷前往达森草原的索布

家园迪嘎盖

察耶，翻过海拔 4760 米的干卡贡玛垭口，见到这片草原时，我就想要是能住在这里就好了。去年此时，我从另一个方向往治多经过这里时，也曾有过这样的冲动。可是，我没敢说，出发之前，我已向陪同前往的欧沙和嘉洛两位兄弟明确表示，既然达森草原的目标已经确定，我只有一个要求，我们扎帐篷驻扎的地方一定得有牧户，最好与他们毗邻而居，最好附近还有三五户别的牧人，这样我就可以随时到他们的帐篷里跟他们说话。至于别的，住在哪户人家的帐篷跟前，在哪片草原的山坡上或河谷里，都依他们的安排，我没有任何意见。

从干卡贡玛山下来，欧沙的福田皮卡还在一路向西，那是去往杂多的方向。我还是沉住气，没吭声。快要走到迪嘎盖草原的中间了，嘉洛这才说，他们商量后决定要住在这里，问我是否同意。太好了！同意，同意，太同意了！

我当时的兴奋与开心无以言表。只觉得他们太明白我的心思了，带我走进了这样一片草原。它比我希望的还要美。那一刻，我甚至觉得这里就是天堂。约翰·缪尔在写到优胜美地的美景时说，只要有面包，他愿一直住在那里，永远。看到迪嘎盖的那一派宁静时，我也有过这样的想法。没想到，我将会住在这里。

这时，我才看到公路左侧有一条路拐向河谷草原。下了公路，再

恩钦曲

向左一拐，不远处，恩钦河上有一座小桥通往河对岸。过了桥，嘉洛说，他一个妹妹家在这里，我们先到她家里喝点儿茶，休息一下。然后看，要住在哪户牧人家跟前，再定。我只连声地说，好好好好……

与附近别的牧人不一样，嘉洛妹妹拉姆德钦一家不是住在帐篷里，而是有一座100平方米的房子，还有庭院。尽管庭院也是原来的草地，但独门独户，离得最近的邻居家的帐篷也在一里以外。有三间屋子，中间一间很宽敞，在整栋房子中占了约三分之二的面积，是他们一家三口的主要生活空间，集卧室、客厅、餐厅于一体。右面一间是储藏室，堆放杂物，门在外面。左面的一间，门朝中间屋子开。

我们从中间屋子的门进去，左右两侧靠窗户和隔墙的地方都摆放着两排藏式木质沙发，可坐人，如家中来客人需要留宿，亦可当床，沙发前是两排藏式茶几。左侧靠墙角的地方是一张大床。屋门正对的一面墙跟前，是一排几乎到顶的藏式组合橱柜，上面摆放着各种碗盏、茶壶和其他器皿，还有一台不大的液晶显示屏，据说，通过户户通卫星接收系统可以收看很多电视节目。其上方还有一台可遥控的播放器。屋顶上垂挂着节能灯，有太能光伏电源线连接……

嘉洛把我让到右侧的沙发上坐，欧沙坐在我旁边，嘉洛自己坐在靠门边的沙发上。我们开始喝奶茶、吃糌粑、说话、休息……末了，嘉洛问我，我们要住在这里，还是到别的地方看看再选个地方？我说，怎样都可以，一切由你和欧沙定。后来，我们没去别的地方看，就在那里住下了。

喝完茶从屋里出来，欧沙和嘉洛就在草地上选了一块平坦点儿的地方，开始扎帐篷。我过去帮忙，他们说，你到房子里坐着休息吧。我说，还是一起吧。现在我们是一家人了，你俩干活，我怎么能坐着呢？说是这样说，但活主要还是他们两个干，我也只是在旁边打下手。

扎帐篷虽然不是什么重体力活，但需要技巧，扯绳要绷紧，扯绳的橛子要钉牢，门要选避风的朝向，里面的顶杆要立直……都是有讲究的，打下手可以，但要让我自己扎一顶藏式帐篷，还真扎不好。

而这是一顶真正的藏式牧帐，虽然小了点儿，但三五个人住，足够宽敞，也足够高，进出帐篷几乎都不用弯腰，进到里面，更是伸展自如，顶部的高度与普通屋顶无二。文扎在电话里说，住在这样的帐篷，不仅睡觉舒服，来个人，坐下来说个话什么的也方便。这是文扎去年做的，做帐篷时，还购置了不少被褥和睡袋。

因为文扎有这样的装备，我只带了几件衣服、一两本书和笔记本，就可以安心住在一片旷野上了，甚至衣服都没带够。

临近草原了，扎多就问有没有带棉衣，还真没有。我想，虽然海拔是高了点儿，可还是夏天呢，即使冷点儿，也不会冷到哪儿去。我又不是没到过高海拔地区。扎多说，那不行，得备着。我还在推辞时，他夫人博勒（发 lei 音）已经将一件棉衣塞到我怀里。还没穿，我心里就已经无比温暖了。

我在迪嘎盖住的帐篷

　　扎好了帐篷开始铺睡铺，先铺的是我的睡铺，在帐篷最里侧中间位置，当时也没多想，就欣然接受了。可晚上睡下之后，我才发现，这是整顶帐篷里最好的位置，因为我睡在这里，欧沙和嘉洛的睡铺就只好安顿在门帘的两侧了，如有人起夜会惊扰睡眠，从门缝儿里灌进来的风也会直接吹到他们身上。

　　灭了灯，闭上眼，想着这些时，心里又是一阵温暖。草原之夜，梦也是温暖的。

　　我在被窝里看了一眼手机上下载的海拔仪，紧贴肚皮的地方显示的海拔是4653米。回想起来，这并不是我第一次睡在这么高寒的草地上，至少还有一两次，我们扎帐篷的地方比这个地方还要高一点儿。

可那已是十几年以前的事了,那时,我要年轻一些,现在,毕竟早已是年过半百的人了。

我担心自己能不能睡着,因为高寒缺氧而睡不着是一件非常痛苦的事。我也担心因为睡不好,心脏再出什么状况,像2015年在果洛那次一样。那之后,我一直在断断续续地服用一位中医朋友特意配制的药丸,效果不错,已经有一段时间没有明显的感觉。

决定驻扎此地走进这片草原时,嘉洛已经告诉我,南面的那几座山峰叫迪嘎拉姆秋吉,说那是"八位仙女"。我当时开玩笑说,但愿今夜能梦见仙女。欧沙也开玩笑说,会的,说不定八位仙女都会来到你的梦里。我说,我没那么贪心,一位就很满足了。

是夜,果然有梦,美好但邪恶,便以为是众仙女纵容的结果,便不以为邪恶。

欧　沙

也许是因为欧沙震天响的呼噜声，这一夜睡得确实不怎么好。

早上醒来，当欧沙问我，睡得怎么样时，我就实话实说，如果他的呼噜声稍微小一点点，我可能会睡得更好一些。

他光着膀子坐在被窝里，轻轻捋了一把长长的胡子，转过头一本正经地问嘉洛："嘉洛，我打呼噜吗？"嘉洛从被窝里伸出头来说："没有吧？我什么也没听见。"

我以为，他俩串通好了在拿我寻开心，后来才知道，只要睡着了，嘉洛的确是什么也听不到的。他不仅睡得沉，还喜欢用被子蒙着头睡。我纳闷儿，空气原本就很稀薄，再把嘴和鼻子都捂住，那还不得憋坏了。

嘉洛并没有憋坏，不仅没有憋坏，还睡得一声不响。我想，这就是适应，也可能是一种功夫。他却告诉我，这是一种习惯。因为这习惯，他睡着的时候，天上打雷他都听不到。

后来，还是欧沙自己承认他打呼噜。与嘉洛悄无声息的睡觉习惯正好相反，他要不打呼噜就睡不好。

第二天晚上，临睡前，欧沙安慰我说，为了让我能睡着，从这一晚开始，他决定时刻警醒着不再打呼噜，哪怕自己睡不着，也要让我睡着。我以为，他又在开玩笑。可是，第二天晚上，整整一夜，他的呼噜声只轻微地响了一两声。于是，我感到惊讶，问他是怎么做到的。

他还是一本正经地说道："我真的一夜没睡。"末了，又补充一句，

达森夕阳

"我把自己睡觉的形式修改了一下，去掉了打呼噜的那一部分，只留下了不打呼噜的那一部分。"知道他在开玩笑，我也笑道："佩服，你真厉害！不知你是怎么做到的？"他又捋了一把长胡子说："很简单，就是不停地翻身，先从左面向右面翻，再从右面向左面翻。"

欧沙身上有着草原牧人最优秀的那些品质，善良、宽厚、风趣、幽默——当然，他肯定不是最幽默的牧人。他和文扎曾给我讲过一个牧人的故事，那才是真正的幽默大师。有关他的那些事，听起来就像传说，但那都是真的。听他的故事时，我眼前浮现出阿凡提和阿克丹巴的形象——前者是维吾尔族民间传说中的人物，后者则是藏族民间传说中的人物。

他们说的这个人也是达森牧人，是一队的，叫扎巴，20年前已经死了。他在治多草原是个无人不知的人物，要是有人在路上遇见他，大老远就会笑出声来。不仅因为他怪异丑陋的形象，也因为他无时无刻不在随意抖落的那些笑话。如果你与他不期而遇，最好不要搭讪，否则你就会成为笑料在草原上迅速流传。他因此招致祸端，最后嘴都长歪了，鼻子眼睛也斜了，说是遭了口业的报应。他只好戒了说笑话的嗜好，但是只要他一张口，还是满嘴的笑话。不得已，只好装哑巴，不说话。

其实，欧沙的日子过得并不容易，甚至很艰辛。上有老母亲，下有儿女，妻子也是一个牧人，又因为早已离开了草原牧场，草场也不在自己名下，尽管还有一些牦牛放在亲戚家代牧，但也只能解决每年的冬肉问题，平日的生活之需就指望不上了。欧沙就在县城一所小学当门卫保安，每个月有1800元的收入，维持一家人的生活。

而且，他儿子患有先天性脑部疾病，精神不大正常。那是一种奇怪的疾病，看上去一切正常，但同龄孩子都能接受和明白的事，他一脸茫然，而在别的方面，比如动手修理个什么东西，他又表现得无比聪明。欧沙带着儿子到很多地方求医问药，都没有什么好办法。现在他也不知道该怎么做，只是看着心疼。

我想，他心里一定很苦，可表面上一点儿也看不出他内心所遭受的煎熬，他总是一副乐呵呵的样子。有事没事，他总喜欢捋一捋胸前飘荡的长胡须，笑看世间万物。

欧沙是文扎的朋友。我决定去治多县的达森草原时，就想让文扎陪我一起去，可是他正在班玛考察古村落，一时回不来。原本，我也并未打算去达森，而是想去扎河或者索加的某个地方。

决定去达森是因为扎多。抵达玉树后的第二天晚上，我就见到扎多了。我说了我的想法，他不反对。而后，谈及"卓巴仓"——他正在努力去做的一个牧人社区项目，可以说那是一个未来的项目。

"卓巴仓"可译为"牧人之家"，当然，项目最终的目标是未来意义上的"牧人之家"。此乃后话。交谈之间，一个词或一个地名不断被提及，这个地方就是索布察耶——他们一般都写成"索布察叶"，我改了一个字，觉得前者容易让人产生错觉，以为那是一种植物的叶子，而后者则更像一个地名。而索布察耶是达森草原的一部分，因一座神山而得名。

进一步的交谈中我还得知，原来那里还是扎多和文扎的故乡。于是，我决定不去扎河、索加，而去达森。

青藏高原的地名大多都是藏语音译，也有部分为蒙古语音译。"达森"，所以写成"达生"，觉得与青海湟水流域汉语方言中"生"多读"森"音有关。想来，当初应该是由河湟汉人参与并最终确定了治多草原的汉语地名。根据文扎的翻译，"达森"两个字是老虎和狮子的意思，"达"是虎，"森"为狮子，音译"达森"更切近原发音，所以也改了一个字,将"达生"改回"达森"了。

也许前世有缘,我出生长大的那个地方也叫"达森"。那里是藏语称宗喀山脉的青海南山东端,西边排列着两座大山,也是老虎和狮子的形象。由北向南,一座是虎山,一座是狮子山,老虎、狮子相向而立,虎头朝南,狮头朝北。从南面山顶望过来,老虎和狮子的形象尤为逼真,尤其是那头狮子,我家就在狮子前腹部正下方。

仿佛冥冥之中,有一头老虎和狮子在指引着我前行的方向。

决定去达森时,我发了一条微信,说在未来的十天半个月里,我要去一片叫达森的高山夏季牧场,那里的最低海拔应该在4500米以上,那里应该没有任何通信信号。

看到微信,文扎留言:"您要去我的老家呀!那里的地貌景观与索加相比,别有一番洞天。那里的冰川和雪山是从我的视线里渐渐消失的。在我记忆里,至今保留着的最壮观的画面,是每年春天的雪崩和夏天的瀑布。阔别家乡25年后,故地重游(指前些日子他刚去过一次达森索布察耶——作者注),已物是人非,不见了那些熟悉的面孔,也看不到雪亮的冰峰。那些童年记忆里的山峰,仿佛在说'辛苦了,文扎',我也有想要拥抱那些熟悉的山峰的冲动。我代表养育我的山水和那里的父老乡亲,向您表示真诚的欢迎!"把一则微信留言都写得这么隆重、郑重其事、一丝不苟,这就是文扎。

随后他又留言,虽然他不在,但他的好朋友欧沙会陪我前往,照顾我。完了又补充说，像他一样，欧沙也是一位大胡子。后来见到欧沙，胡子齐腰，果然了得。除了个头比文扎稍低，单看胡子，整个玉树草原，能出其右者，唯欧沙也。所以，我一到治多，第一个见到的人就是欧沙。

还没到治多，他就打电话来，说他在等我。虽然，此前从未谋面，但一看到那大胡子，我就断定他就是欧沙。从那一刻开始，直到离开治多草原，我们就须臾不曾分开。他刚刚贷款买了一辆福田皮卡，后面宽大的货箱正好可以装载帐篷、被褥、睡袋、食物以及所有的行

欧沙

李。这样我们就可以随意前行,走到哪里就住到哪里,像游牧,而不必担心栖身何处。

欧沙是索加人,虽然对达森那片草原也很了解,但与那里的牧人却并不太熟悉,而我则需要一个与那里的每一个牧人都非常熟悉的人。于是,扎多又让在达森出生和长大的嘉洛也陪我前往。出发前,我们简单商量了一下,主要是明确了一下欧沙和嘉洛的分工职责。

嘉洛主要承担向导之责,该去什么地方、见什么人都由他决定,而欧沙除了承担驾车任务之外,还肩负翻译之责。欧沙一再表示,开车他肯定没问题,但要翻译,他可能无法胜任,最好还是等文扎来。

可是,文扎一时赶不回来。我就说,我们先去。先开始工作,一边工作,一边等文扎。至于翻译的事,他能翻译到什么程度都不要紧,而且,很多事情是不需要翻译的,我自己也会观察和记录。就这样,我们一行三人向着索布察耶的方向出发了。

后来,我才得知,欧沙曾给环保英雄杰桑·索南达杰开过车。

索南达杰是整个亚洲第一位为保护野生动物献身的政府官员,死在与盗猎分子的斗争现场。那是1994年1月18日深夜。可是,因为交通不便、通信条件差,直到22日治多县有关部门才接到报案,26日才找到他的遗体,29日才把遗体送到曲麻莱县城,次日,才回到治多……他生前,我没有见过;他牺牲后,我却是第一批前往治多采访英雄事迹的两个记者之一,另一位是我的同伴和同事。我们赶到治多采访时，他的遗体还在回来的路上。

于是，我们在治多等他回来。

他任治多县委副书记和西部工委书记仅一年多的时间里，曾先后12次进入可可西里腹地，进行实地勘察和巡视，为保护那片土地上的自然资源和野生动物呕心沥血，总共有354天时间在可可西里度过，行程6万多公里。其中8次，因没有帐篷，只好吃住在车上，很多天夜里的气温超过了-40℃。3次对可可西里的自然资源进行过全面的考察，撰写了一份又一份震撼人心的调查报告——我仔细翻阅过这些报告，字字血泪。

短短一年多时间里，他和他的战友们先后查获非法持枪盗猎团伙8个，收缴各类枪支25支、子弹万余发、各类作案车辆12台、藏羚羊皮数千张。他到处奔走呼号，想争取把可可西里列为国家级自然保护区。直到生命的最后一刻，他都在做这个梦。自从踏上可可西里的那一天起，他早已将自己的生死置之度外了。他曾说过："为保护可可西里，如果一定要有人去死的话，我肯定是第一个。"

他践行了自己的诺言。1994年1月26日，人们找到他的遗体时，他冻僵了的躯体还保持着推弹射击的姿势，身上落着厚厚一层白雪，像一座冰雕。

记得，像是从1月29日开始，治多县所有僧人都自愿聚集到县城，连续七天七夜点燃千灯、诵经为英雄的亡灵超度——这也许是有

达森冰川

史以来第一次由一群佛子为一个无神论者送行。

2月1日夜里，我因感冒发烧到县医院打点滴，给我打针的护士忙中偷闲在精心制作一朵小白花，说第二天是索南达杰的葬礼，她要去送行，那朵白花是特意为他准备的。我问：你认识他吗？她回答：从未谋面……

当时治多全县只有两万多人口，临近年关，仍有万余民众自发组织起来为其送行——后来，我还得知，那一年治多很多藏族人家都自行为其守夜，没有过年。整个治多草原一片悲痛！

随后，由索南达杰的牺牲引发的一系列环保事件持续发酵，索南达杰、可可西里、藏羚羊、扎巴多杰、野牦牛队等名字一时间成为举世瞩目的焦点，因而也成为一个时代的启示录。我也自始至终参与并推动了这项环保运动。

可告慰英灵的是——随后不久，可可西里正式成为国家级自然保护区。

时隔23年之后，可可西里又成为世界自然遗产地。

时隔24年之后的2018年12月，党中央、国务院授予索南达杰"改革先锋"称号，颁授"改革先锋"奖章，为青海首获此殊荣者。

回想26年前的那一幕，仿佛是昨天刚刚发生的事。身为记者，我有幸记录了这段历史，而欧沙一直都在索南达杰身边，与他一起战斗。

我不知道——也没问过，欧沙留胡子是否与索南达杰有关，因为，我知道，在可可西里奔走时，索南达杰也留着胡子，而且，曾一度也是大胡子。

每次想起欧沙，都仿佛看见，他又轻轻捋着长长的胡子。他是我记忆中又一位治多草原的大胡子。

补记：一年之后，再去玉树，遇见杨上青。提起欧沙，她说，一次长江源头的路上，她问欧沙：你喜欢什么？欧沙答道：女人和动物。

其时，不远处有一头野牦牛。欧沙说，野牦牛很老的时候会找一个谁也找不到的地方，悄悄地离开这个世界。末了，又说，等他老了，也会找一个这样的地方离开这个世界。听来很伤感，但是，我知道，欧沙并不伤感。

邻居·鼠族的鸣叫

前面已经写到过，达森草原不仅有牧人和畜群，还有狼、鼠兔和其他野生动物，它们也是这片草原的原住民，真正的土著。因为宿营达森草原，与一群老鼠比邻而居，我对它们便有了一些新的观察和认识。

当然，它们也在观察我们，人类的一举一动都逃不过它们的法眼。对草原上人类头疼不已的种种变故，鼠族静观其变。

在它们看来，人类总喜欢瞎折腾，一会儿要翻开草皮，给草原垒上围墙，像城墙；一会儿又废弃草皮围墙换成铁丝围栏，把整片大草原分割成七零八落的碎片；一会儿要翻开草皮采沙开矿淘金子，把滋

吉祥达森

养草原的一条条河谷翻个底朝天，到处飞沙走石，连河流都钻进河床底下去了，死活不肯露面，几十年过去之后，那河谷里还时时发出一股恶臭，河中所有的鱼儿和水生物都死绝了；一会儿又要种草灭鼠和人工降雨，草没种出来，却把沙子翻出来了。雨倒是降下来了，可也给草原降下了无数的毛毛虫，现在不管是不是人工降雨，只要一场大雨过后，草原上到处都是黑油油亮晶晶的红头毛毛虫。

而至于可恨的灭鼠——老鼠们心想，你人类凭什么要灭了我们鼠族。以鼠族在地球上几千万年的生存经验看，你们人类给我们鼠族当孙子还不够格呢，哼，几千万年！这几千万年还是你们自己说的，我们究竟在地球上生活了多长时间，除了我们自己，恐怕只有造物主知道。我们有的是时间和耐心——而你们人类未必有足够的时间，也许所剩的时间已经不多了，尽快自救尚可，否则将自身难保——我们也有足够成熟丰富的战略战术来对付你们的那点儿能耐和伎俩……地球是你们的，也是我们的，归根结底会是谁的，不好说。

但可以肯定，最后的地球上绝不会只剩下人类。因为，所有地球生命都知道，假如地球上什么都没有了，只剩下人类，你们还能存活吗？妄想！不说了。多说不宜。最后，我们鼠族只想代表所有的地球生命奉劝一句：善待万物，万物才会善待你。利他才会利己。鉴于此，鼠族郑重声明：我们绝不称霸，但也绝不允许任何别的生命独霸地球。

当然，在别的生命看来，鼠族并没那么可恨，甚至很可爱。比如在狼族眼里，那些没有尾巴又幼小的生命就很可爱。狼族认为，它们甚至根本不是老鼠，总体上，它们应该归在兔子家族。虽然因为门齿无齿根，人类将兔子和老鼠都归到啮齿类动物，但是，兔子是兔子，老鼠是老鼠，不是一码事。据狼族的传说，兔子和老鼠原来也不喜欢到处开挖洞穴，它们所容身的地方，不过方寸之间，何苦要让自己大费周折呢？因为人类总喜欢在它们的洞口给它们下套放毒药，它们才开始四处广开洞穴，只为逃逸和活命，实属情非得已。

很久以后，人类世界的网络空间里有一篇文字流传甚广，单看其标题，你就能想见人类的出尔反尔。这篇原出《环境与生活》杂志、署名田野的文章，原标题是《不仅无过　反而有功》，网络传播时，标题改成了《真冤！鼠兔为草原退化"背锅"60年，人家不仅无过，反而有功》。

鼠兔是一种害怕炎热而喜欢寒冷的动物，所以，它们一般都栖息在高寒地带，随着全球气候日趋变暖，它们也不断向更高寒的地带迁徙。正因为如此，我猜想，在青藏高原广袤的高寒冻土地带，鼠兔也许是最早定居于此并持续繁衍的动物。也许它们持续繁衍了几千万年之后，这里才出现了别的动物。

也许，它们最初迁居高寒冻土地带时，最后的冰川期还没有结束，它们是踩着厚厚的冰雪抵达这里的，而后住了下来。还因为地处高寒，这里冰川期结束的时间可能要比欧亚大陆其他地方晚得多，说不定直到5000年前后甚至更晚的年代，这里的冰川期还没有完全过去，大地还在厚厚的冰盖之下。

而人类一定是最后才出现在这里的动物，他们无法适应极度寒冷的气候。人类出现时，最后的冰川期早已结束。此前，几乎所有的动物都已在这里永久定居，并一直占据着种群繁衍的优势。直到今天，与众多物种比较而言，人类也肯定不是后来居上者。

2018年8月3日，在迪嘎盖草原拉姆德钦家门前的草地上，扎了一顶帐篷住下来之后，我在当晚的田野笔记中这样写道：

>　　方圆5公里之内，至少有六七户牧人是我的邻居，人口数量不会超过40。这是人类，如果算上别的族类，我的邻居中至少还有一群牦牛和一群老鼠。哦，还有一只野鸽子——我没有看清，应该是一只鸽子。还有一只很大的乌鸦，像一只鹰那么大。当然，还有数量惊人的各种小虫子。因为刚刚扎好帐篷住下，别的，我还没顾上细看。毫无疑问，在所有邻居中，老鼠是数量最多的。大约两平方米之内就有一个鼠穴，我帐篷周围方圆50米之内，估计至少有50只老鼠——也许有300只甚至更多，具体的数量要看每个鼠穴中所居住老鼠的多寡。夜里，它们就会睡在我的地铺周围。
>
>　　除了老鼠，距离最近的邻居是那一群牦牛，约80头。

白天的大部分时间，它们会到草原上吃草，而夜晚，它们就住在我帐篷跟前。离我睡铺最近的不超过20米。如果夜里它们弄出点儿动静来，比如打个喷嚏或放个屁什么的，我都会听得一清二楚，甚至会听到它们反刍的声音。

傍晚，约7点到8点，我还拍了一阵老鼠。可能因为这里的牧人不怎么讨厌老鼠，这里的老鼠也不怎么怕人。看上去，这里只有一种老鼠——鼠兔。一种没有尾巴（或短尾）、长得像兔子的老鼠，与兔子和别的鼠类一样，均属啮齿类动物，至今已在地球上生活了7000万年之久。想来，在未来的很多天里，我还将继续与它们朝夕相处。

下午出去如厕，走了很远，就是找不到一个可以蹲下来而不让人看到的地方。小解还好，一般也不大顾及，只要不是当面就行，即使有人看到也不当一回事。而大解你总得顾及自己的颜面吧，可草原的空旷令你无处藏身。走很远去如厕时，感觉自己像做贼。

终于完事了。往回走时，我沿途仔细观察鼠兔的洞穴，竟发现鼠兔的厕所都建在洞穴外面，大多在一个凹陷的露天坑洼处。其厕所一般还都比较宽敞，还因为有足够的深度，隐蔽性好，一只鼠兔进到里面，从任何一个方向都不会看到它如厕的场景。想来，它们在如厕时也不希望有一双眼睛盯着自己——无论何种动物，如厕的场面都不雅。

也许正是这个缘故，我从未看到过一只鼠兔（包括其他啮齿类动物）在大庭广众之下如厕的情景。其厕所也不在洞口，如厕时，鼠兔须穿过洞穴之间的一片空地。除了厕所，其他地方很少看见其粪便，说明鼠兔是一种不喜欢随处大小便的动物，所以也看不到"不得随处大小便，违者罚款"的警示标语。由此可以看出，鼠兔对环境卫生的重视和讲究。

其实，几乎所有鼠类和啮齿类动物都有这样的讲究。像俗称"瞎老鼠"的鼢鼠，虽然常年在地下生活，但其洞穴中也有专门的厕所或卫生间，从布局看，"瞎老鼠"对卫生间的讲究程度不亚于卧室和粮仓。其卧室大多居于中间位置，而卧室两侧分别是粮仓和卫生间。一窝"瞎老鼠"至少会有一处卫生间，也有两处和三处卫生间的——一户三卫的，想来应该会是一座鼠类的豪宅。

我看到两只鼠兔在自家洞口一边看风景，一边不时歪过头去看着对方，偶尔也会歪过头来瞅我一眼，像站在家门口说话的一对小夫妻那样。它们离我只有不到两米的距离。我静静地看着它们，大约有半分钟的时间。夕阳下，它棕灰色的皮毛闪闪发亮，尖尖的嘴唇快速蠕动着，像在咀嚼什么。那一对小耳朵总是直直地竖着，时刻保持谛听附近和远处动静的样子。

那一刻，我并未觉得它们有多么讨厌，甚至还觉得有点儿可爱，像一对精灵。我转身回到帐篷,去拿相机,我要给它们拍些照片。

我选了一支200毫米的镜头,觉得在这么近的距离,用这样一支镜头足以将一只鼠兔拍得非常清楚了。我重新站回到刚才的那个地方,发现那两只鼠兔还在那里,几乎没有挪动过,一只鼠兔的屁股还像刚才那样正对着洞口。我以为它们对我的举动并没有引起特别的注意,轻轻举起相机,准备拍摄。但是,当我将相机的取景框对准它们时,它们却一缩脑袋钻进洞穴里,不见了。

很显然,我的任何举动都没有逃过它们密切注视的目光。随后的一段时间里——我想应该有一个多小时,我一直在帐篷周围的那一片草地上到处追着几只鼠兔给它们拍照。

可它们根本就没想着配合我的行动。它们不是一溜鼠窜,就是一缩脑袋溜进洞里。有好几次,我踩在一泡新牛粪上,差点儿把自己滑倒。我意识到,一直追着它们转不是个办法,就蹲下来,双膝跪地,相机一直架在鼻梁上,眼睛紧紧盯着取景框,严密监视着一个洞口,耐心等待,以为刚刚钻进洞里的那两只鼠兔会再次出现在洞口。可是,它们没有出现。我也坚持不住了,膝盖隐隐作痛,腰背也开始酸痛。

我站起身来,腰还没来得及伸直,它们却探出头来瞄了一眼,犹豫了一下,悠然踱出洞口,停下来重复刚才的那些动作。我以为机会来了,可是刚一端好相机,它们又一下子钻进了洞里……如此这般,折腾了好一阵子,尽管也把一只只鼠兔都装进了镜头,可没有一只鼠兔是拍得非常清晰的。

阿热啊克雪,这是藏语里一种鸟的名字,准确地说,后两个字才是鸟的名字,前三个字则是一种无尾鼠类的名字,就是鼠兔。鸟形似草百灵,疑为百灵鸟的一种。

也是在迪嘎盖草原,我才突然发现,鼠兔阿热啊(音读 Ara)能发出百灵鸟一样清脆嘹亮的鸣叫,跟别的鼠类"吱吱"尖细的叫声有着天壤之别。因为,住在帐篷里,周边草地上到处都是鼠穴,我每天都有那么一些时候,可以静静地观察阿热们的一举一动。

我第一次听到阿热啊克雪这个名字,是在泽曲河上游河谷的一面山坡上。在《谁为人类忏悔》一书中,我曾写到过这段经历:

迪嘎盖的鼠兔

那些鸟儿在藏语中有一个好听的名字，叫阿热（啊）果雪（康巴方言中发阿热啊克雪之音——作者注），翻译成汉语就是老鼠的清洁工了。当地陪同采访的朋友说，这种鸟儿是专为老鼠打扫洞门的，它们常常扇动着一对小翅膀，把老鼠洞口的尘土扫去，还为老鼠承担警戒任务，为它们通风报信。我特意察看了一些鼠洞，果然没有尘土。再看那些鸟儿时发现，它们的确像是在围着老鼠生活。它们有翅膀，却并不飞高飞远，在地上跳跃时竟如鼠窜。便不禁叹为观止。老鼠何德何能，竟然将自己的领地从地下转入地面，进而还将自己的鼠爪伸向天空，征服了这些象征自由的精灵。它们对这些鸟儿施展了什么样的魔法，以致这些鸟儿甘愿俯首听命呢？人类费尽心思，也才教会几只鹦鹉学舌，或阿谀奉承或说脏话骂你。仅在这一点上，鼠类远比人类高明。

接着我还写下过这样的文字：

也许有一天，当这里最后一个牧人被老鼠赶离最后的草原时，这山下的滩地上说不定会黑压压一片，挤满了老鼠。可能会有一只统帅一样的老鼠蹲在这山冈上，望着那牧人远去的背影，哈哈大笑。它无疑是草原最后的胜利者，因为尽管人类征服了地球上所有的草原，它们却最终征服了人类。那时，整个草原上已没有了牧草生长，有的只是鼠类的咆哮和冲杀。如果弄不好，它们也会犯和人类一样的错误，毫无节制地繁殖自己的同类。而后，为了争夺没有牧草的黑土滩领地和生存空间，挑起鼠类之间的世界大战。说不定，也会出现像美国那般强大的鼠类帝国，对全球的老鼠们指手画脚，动辄出兵杀伐——那就是鼠类的不幸了。但是，如果我们从这样一个角度反观人类，人类不是更不幸吗？人类最终可能会用自己的智慧将自己逼上绝路。

后来，我还陆续看到或听到过很多有关鼠兔和阿热啊克雪的故事，其中流传最广的是鸟鼠同穴的故事。据《甘肃志》记载："凉州之地有兀儿鼠者，形状似鼠，尾若赘疣。有鸟曰本周儿者，形似雀，色灰白，常与兀儿鼠同穴而处。所谓鸟鼠同穴也。"另据《尚书·禹贡》记载："鸟鼠之山有鸟焉，与鼠飞行而处之，又有止而同穴之山焉，是二山也，鸟名为'鸟余'，其鼠为'鼠突'，鸟似鵽鸟而小，黄黑色。鼠如家鼠而短尾，穿地而处，各自生育，不相侵害……"除此之外，《山海经》《史记·夏本纪》等亦有相关记载。

由此可以看出，在中国，有关鼠兔和阿热啊克雪的记载至少已有2000多年的历史。这些记述，至少包含了两层意思，一层是说，凉州之地有山，名曰鸟鼠山；另一层则说，有一种形似雀的鸟儿与一种短尾的老鼠同穴而处。至于文献中"𠔌儿鼠""鼠突"则当是今天"鼠兔"的音变，其实，说的都是同一种动物。几千年以前，古凉州一带气候应该依然寒冷，适于鼠兔生存，而众多青藏高原的鼠兔，因为地处边远荒僻，其时，尚没有进入华夏族人的视野。

除了史书上的记载，鸟鼠同穴还有民间传说。鸟和鼠原本是一对恩爱夫妻，祖祖辈辈都居住在渭河源头，生活清苦，但为人善良忠厚。一天，妻子早起去担水，发现河边有两条蛇厮咬在一起，一条白蛇被一条黑蛇死死咬住，眼看就要被咬死了。妻子看着可怜，急忙从树上折了一根树枝把黑蛇赶跑了，白蛇得救，钻到河水里逃走了。当天晚上，妻子做了一个梦，梦见家里来了一个人，自称是渭河龙王的家里人。来人对她说："你今天做了善事，救了我们家主人，我家主人要报答你，请你在鸡叫头遍的时候到渭河边上来。"

妻子半夜醒来，半信半疑，便约丈夫一同前去。男人比较懒，不太情愿，妻子要出门了，他才嘟嘟囔囔地从炕上爬起来。妻子到河边时，丈夫还在半山坡上。龙王的家人已经在河边等候了，一见面就嘱咐道："此番前去，龙王会好好报答你。给金子，你不要要，给银子，你也不要要，你只要桌上的两把花扇子和那两颗玉石，就终生享用不尽了。"她一一记下。来人让她闭上眼睛，背着她下到河底，睁开眼睛时，她已经来到龙宫，一个受伤的老爷爷热情地接待了她，还摆了宴席招待她。

临了，他让下人端上一盘礼物给她，一看是金子，她没要。老人又让端来一盘礼物，是银子，她也没要。龙王就让她自己挑两件礼物，她就要了桌上的那两把花扇子和两颗玉石。龙王答应了，还派属下把她送上河岸。看见自己男人还在河边等，她就把经过说了一遍，还给他看了两样宝贝。她男人不喜欢花扇子，就接过了两颗玉石。正要细细看，妻子手中的两把花扇子一下变成了一对翅膀，妻子飞到天上去了。男人急了，想腾出手来拉住妻子，情急之下，把两颗玉石咬在嘴里，刚咬住，那两颗玉石却变成了一对尖利的门牙。

从此，妻子变成了鸟，男人却变成了老鼠，尾巴都没来得及长好。可好心的妻子总也忘不了过去的恩爱，便常常到鼠穴中与丈夫幽会……

从此，鸟鼠同处一穴，彼此相守和谐，老鼠打洞筑穴，鸟儿为其站岗放哨，还肩负清洁任务。

为了这个传说，我曾专程到渭河源头的鸟鼠山实地考察，在古凉州（今定西）一带走了两三天，均未发现鼠兔踪影，也未见着那种与鼠兔形影不离的鸟儿。鸟鼠山植被茂盛，植物种类丰富，其主要建群植物与青藏高原东北部及祁连山麓几乎没有分别。云杉、桦树、栎树、白杨当是主要乔木树种，灌木种类庞杂，枸子、黄刺、忍冬、柳类等属常见植物。山前的大片落叶松应该是后世人工种植的，树龄不会超过40年——也许是1998年之后种植的。

这样的环境并不是鼠兔喜欢的栖息地，与鼠兔相伴而生的鸟也难以生存。我在鸟鼠山只见过一种鸟，从羽毛的颜色和鸣叫声判断，应该是画眉的一种，与常见画眉不同的是，其头部和背部的羽毛多黑色。

从青藏高原东北边缘地带鼠兔分布情况的变化看，一些低海拔地区今天已经看不到鼠兔，今天的定西（凉州）一带更看不到鼠兔了。虽然鸟鼠山还在那里，但鸟鼠已经远去——至少鼠兔已经远去，它们都已迁徙到更加高寒的高原腹地，在海拔4000米以上地区尤为集中。那里气候寒冷，年平均气温在零度以下，这正是鼠兔喜欢的气候环境。

我听说，如需远距离迁徙，鼠兔还会将鸟儿当成坐骑，借鸟儿的翅膀飞翔。鼠兔有时候会从一个地方突然消失，而后出现在一个遥远的地方。这是一种集体行为，这样的远距离迁徙时，鸟儿就是它们的运输工具，类似于人类世界的空中运输。

在迪嘎盖的那几天里，每时每刻，我周围都有一群鼠兔，或交头接耳，或鼠窜于鼠穴之间，或站在洞口鸣叫。其声如鸟鸣，清脆悦耳。不知道在骑着鸟儿飞行时它们是否也会鸣叫，如是，但凡听到那声音的人，一定会当成是鸟儿的鸣叫，而绝对想不到那是老鼠发出的声音。

冻土地带

在达森的那些日子里，每天晚上，当我整理好被褥和睡袋躺在地铺上时，我的身体都是紧紧地贴着地面的，身体某个部位的伸展和舒适程度与地面的平整程度密切相关。当然，我们并不是直接睡在草地上，紧挨着地面是一张隔潮垫，上面还铺着两床被子，被子上面才是睡袋，睡袋上面是盖的被子——铺盖甚至比在家里还要厚实，睡在里面一点儿也不觉得冷。但地面毕竟不是床，无论多么平坦的草地，都还是会有一些凹凸不平的地方。所以，每次扎帐篷之前，我们都会精心挑选一块平坦的草地，好让我们睡得舒服一些。即使这样，睡下之后也总会感觉到有些地方还是不够稳当。如果地面上有一个小坑，而屁股正好对着那个地方，那一定是非常舒服的，而假如地面上有一个突兀的小疙瘩，恰好在腰部的位置，那就会很不舒服。如果地面多少有些坡度，头肯定是要朝着高处的，睡袋面料光滑，睡着了便会往下滑，有时候会滑出睡铺，还得往上挪。

虽然，我并不是第一次住帐篷、睡草地，却是第一次如此细心地注意过身下的土地。虽然，我的祖先们一定也是世代居住在帐篷和草地上，但我自己是住房子睡土炕长大的。偶尔，我也到一片草原上住在帐篷里睡过地铺，那顶多也是一种体验和经历，并非生来如此，更不是全部的人生。其实，现在的牧人也很少有睡地铺的，即使在夏季牧场短暂居住时也很少。无论是房子还是帐篷，里面都有床，房子里的床会宽敞讲究一些，帐篷里的床大多都是简易的。而在一二十年前，

我们在自己的帐篷里说话

牧人夏季牧场的帐篷里是看不到床的,他们都睡在地上。有些人家的帐篷里,甚至只有地铺——地铺上可能也只铺着几张羊皮,却不见被子,睡觉的时候,身上的羊皮袄就是被子。这些细节意味着一种深刻的变化,与很久以前相比,不经意间,生活中的很多东西都变了样子。

其实,发生变化的不止是牧人的生活,整个世界都处在不断变化中,包括头顶的星空和脚下的大地,当然,也包括自然万物。不过,人类生活的变化与自然万物的变化好像并不是朝着同一个方向在改变。总体上,如果我们可以把人类生活中的大多数变化视之为一种改善,一种积极向好的变化,那么自然万物的变化却是以退化甚至恶化为特征延续的。这一点在整个工业文明时代表现得尤为突出,像一个悖论。整体而言,工业化程度越高(或工业化速度越快),对全球自然万物的冲击也越大,生态环境也会面临越来越大的压力,自然资源枯竭和物种消亡的速度也会随之加快。很显然,这已经是一个不争的事实。

自然界的很多变化是有目共睹的,而还有一些变化尚未引起足够的重视,因为它不易觉察。比如冻土地带的变化,如果不做长时间的观察记录,在任何一个地方的某一个时间段里,你都很难发现它的变化,因为那种变化是在地表深处悄然发生的。除非你的目光能穿透地表看到其内层结构的变化,否则,至少从地面上,你无法看到那种变化的剧烈程度。它就像是人体内部的一种慢性疾病,比如癌,如果不进行定期的全面体检,不到病入膏肓的程度,从表面上你是看不出来的。

有关冻土,《不列颠百科全书》卷7第48页上的解释总共只有151个字:"美国土壤分类的12类之一,为北极和南极地区的永冻土壤,但亦见于纬度较低地区海拔较高的地带。特征为地表两米内起码连续两年存在永冻土(土壤温度低于0℃),可能含有很多有机碳。约占地球陆地总面积的13%,主要分布于俄罗斯和加拿大,其次为美国阿拉斯加。冻土易碎,易受侵蚀,其位置接近极地冰冠,是地球变暖的重要指示物。"

"纬度较低地区海拔较高的地带",当然不只有青藏高原,除了俄罗斯和加拿大,还应该包括了南美洲和欧亚大陆上所有的高寒地带,不过,作为地球第三极的青藏高原,无疑是全球高海拔冻土最集中的分布带。从这个意义上说,我大半生的跋涉其实就是一次次穿越这冻土地带。

高原面上连成一片的广大冻土地带亦可称之为冻原。相对于冻土,《不列颠百科全书》卷17第267页上对冻原的解释则较为详尽,共计有1145个字,也抄录如下:

冻原,又译苔原。分布于冰雪覆盖的北极圈和泰加针叶林带之间。地表除块状永冻土外,交替出现冻融处的底土亦处于永冻状态。冻原有两种类型:北极冻原(南半球面积很小)和高山冻原。

冻土融水

　　北极冻原面积约为陆地面积的1/10，分布于北纬60°～70°以北。地面的最大特征是呈多边形图案，称多边形土，这是由于秋、春的冻融循环引起土壤和石块的不均匀移动及土溜作用造成的。它们呈环状、条状、多角形，其宽度为15～30厘米。在高山冻原处则出现许多土溜阶地和土溜舌。

　　气候多变，夏季平均为5℃，冬季大约为-32℃。高山处冬季很少低于-18℃。年降水低于380毫米，约2/3为夏季降水。冬季降雪厚度为64～191厘米。沿海地区比内陆气温低并多雾。夏末秋初由于蒸发作用强而多云。

由于底土为永冻土，排水不良，在夏季融化时，北极低地多为沼泽。高山冻原，降水（尤其是雪）虽较多，但易于排放，土壤较极地干燥。

由于风大，吹雪与雪覆俱为重要的气候因素。暴风雪时，能见度不到9米。高山冻原风速平均每小时为8~16千米，有时可达120~200千米。

北极冻原与高山冻原的主要区别在于白昼长度和二氧化碳浓度上。生物韵律是由昼夜变化引起的。高山冻原的二氧化碳浓度因高纬度高山空气稀薄而较低。高山冻原植物在光合作用中利用二氧化碳的效率比北极冻原高。

在北极冻原与高山冻原，虽生物种数比温带少，但每个种的个体数量甚多，造成食物链较简单，其间的平衡易受破坏。

在冻原中，植物的开花期只有几天或几周，花大，色彩鲜艳。植被的演替比较缓慢，主要表现在各个种间数量相对变化，而不是整个种被替代。

为了适应当地条件，冻原植物只能利用短暂的温暖季节迅速完成其生命周期。多年生植物大多在雪开始融化几天后即开花，4~6周种子开始成熟，除利用种子繁殖外，有的植物则靠长匍茎或地下茎来增加个体。

在北极冻原中，平原主要是苔草和寇蒂禾，在苔藓中主要是泥炭藓。稍高处，为矮柳、禾草和灯芯草。高柳、禾草和豆科植物多出现在砂砾质的河岸处。在山麓与山地，植物则特别稀疏。高山冻原下部的低处与背风处出现柳树；缓坡土壤发育处为大片草甸；迎风的山脊主要是垫状植物。在岩石山坡与峰顶，只有在有土壤与积雪的局部地区出现斑块的植丛。在较高的山地，除冰雪与裸岩外，只有些地衣、苔藓出现在岩石上。

围绕北极圈的动物有北极熊、北极狐、北极狼、北极兔、北极鼬鼠，几种旅鼠、雷鸟、雪枭和几种水鸟。北极的昆虫极多。大多鸟类属于候鸟。小的哺乳动物有很高的繁育率，如旅鼠。在大型食草动物中，有驯鹿和麝香牛。

在高山冻原中，动物往往在冬季下到环境条件稍好的森林中去。在哺乳动物中，有山地绵羊、大角野山羊、小羚羊、山猫。

冻原中，许多动物在冬季变成白色。这种伪装既有利于捕食者的偷偷活动而不被发现，也有利于被捕食者在雪地中隐蔽。

达森草原的海拔大多在 4700 米以上，可以说是一片广袤的冻原，至少在过去的漫长岁月里是这样。也就是说,那些天我们在达森草原睡觉的地方,以前都是冻土层。也许现在还是,青藏高原海拔4000米以上的地方,年平均气温都在0℃以下,4500米以上地区的年平均气温可能会超过−5℃,属典型的冻土地带。而在以前,冻土地带分布的下限海拔可能还要低出1500米以上,最低在2500米以上的高山阴坡也都有零星冻土分布。

我出生长大的那个村庄就在这样一个山坡上。村庄的海拔在2300米上下,村庄后面山架的海拔从2300米一直上升到3800米以上,最高点接近4000米,即使夏天也会下雪。因为幼时在山坡放羊亲密接触过土地,我对冻土也有很多感性的认识。

离村庄一里多点儿的阴坡,有一片平缓的水草地,是我每天去放羊时的必经之地。因为水草丰美,每天都会有一上午时间,牛羊畜群都在那个地方吃草,不肯离开,我也由着它们,不会急着赶它们走向更高的山坡。因为水草地边缘有几处泉眼,水草地的低洼处就渗出水来,成了一片小小的沼泽。因为下面有水,踩在草坡上就有弹性,站在上面一下一下慢悠悠地踩踏,那草皮就会上下忽闪。一开始只有一小块草皮在动,踩踏的时间长了,一大片草皮都会忽闪。整片草皮就像一张厚厚的牛皮铺在一层水面上,像现代的水床。有时候,我们还会在上面蹦跳,像现在城里的孩子在蹦蹦床上那样。当然,那个时候,所有村庄的人都没见过水床,也没见过蹦蹦床,但那草皮的忽闪带给我们的感觉真的很奇妙。

夏天酷暑难耐的时候,我们会在草皮上钻一个窟窿,脱掉脚上的破布鞋,挽起裤腿,把光脚丫伸到那窟窿里去感受冰凉。外面热得像着了火,里面却非常冰凉,不一会儿,那冰凉会传遍全身,炎热便会即刻散去,那才叫爽。炎炎夏日,尽管头顶有毒日头炙烤,可我们却享受着世外的清凉。

就那样在草皮底下晃动着小脚丫享受冰凉时,我们的脚趾头和脚掌会触到冰层,因为碰到冰碴,一开始还有点儿刺痛,慢慢地,那些冰碴就会融化掉,冰面就变得越来越光滑。脚心在那冰面上滑过时,一阵轻轻的痒感伴随着冰凉会弥散开来,进到心里,顿觉淋漓。后来我才知道,那种感觉在生理学上称之为快感。

也是在后来我才知道,那山坡草皮底下就是冻土层。那差不多是50年以前的事,也就是说50年以前,在海拔2500米的地方还有冻土,那应该是冻土地带的下限了。而在海拔3500米左右的阴面山沟里,夏天还有常年不化的冰层,那应该是现代冰川的最低分布带了。现在海拔3500米的地方,夏天已经看不到冻土了,甚至4500米以上的地方,也不是广为分布,而只零星分布于一些阴坡的山谷地带。从我实地观察的情况判断,海拔4500米上下的高寒草原,一到夏天,至少地表一米以内已经不是冻土了。不仅冻土地带的下限在不断上升,尚存的冻土层也在迅速融化和消失。

依《大不列颠百科全书》的观点，冻土指"地表两米内起码连续两年存在永冻土（土壤温度低于0℃）"，冻土厚度可能也只有50年前的一半，也许更少。因为地表温度的变化不止是由外而里，还会由里而外。总体上讲，除冰川雪山之外的绝大部分地区，两米以下的地表年平均气温肯定要高于地面温度。而冻土地带的下限在50年间已经抬升了约2000米。如果这个速度是持续的，再过50年，青藏高原的冻土地带将全部融化殆尽。

我听文扎说，以前索加一带的牧人转场到海拔4300米以上的夏季牧场扎帐篷时，拴帐篷拉绳的橛子不好钉，钉进去不到10厘米就会碰到冻土，坚硬得像石头，钉好一个帐篷橛子都要花费很大功夫，现在只要用一块小石头砸一下就能全部钉进去。我们在达森草原迁徙时，也扎过好几次帐篷，我也钉过好几次帐篷橛子，用一块石头确实能一下就钉进去。欧沙和嘉洛甚至都不用石头，只用脚用力一踩就全钉进去了。

2017年7月下旬至8月上旬，我也在玉树。8月4日，我去澜沧江源头，路上看到的一切令人震惊。我在很多地方看到了冻土融化以后在地面留下的一个个大坑，有的大坑垂直深度会超过10米。这种现象在地质学或冻土学上称之为"冻土滑塌"，说的是因冻土融化而造成的地表塌陷或滑塌，在坡地就是滑塌，像山体滑坡；在平缓地带就会塌陷，形成大坑。

达森湿地

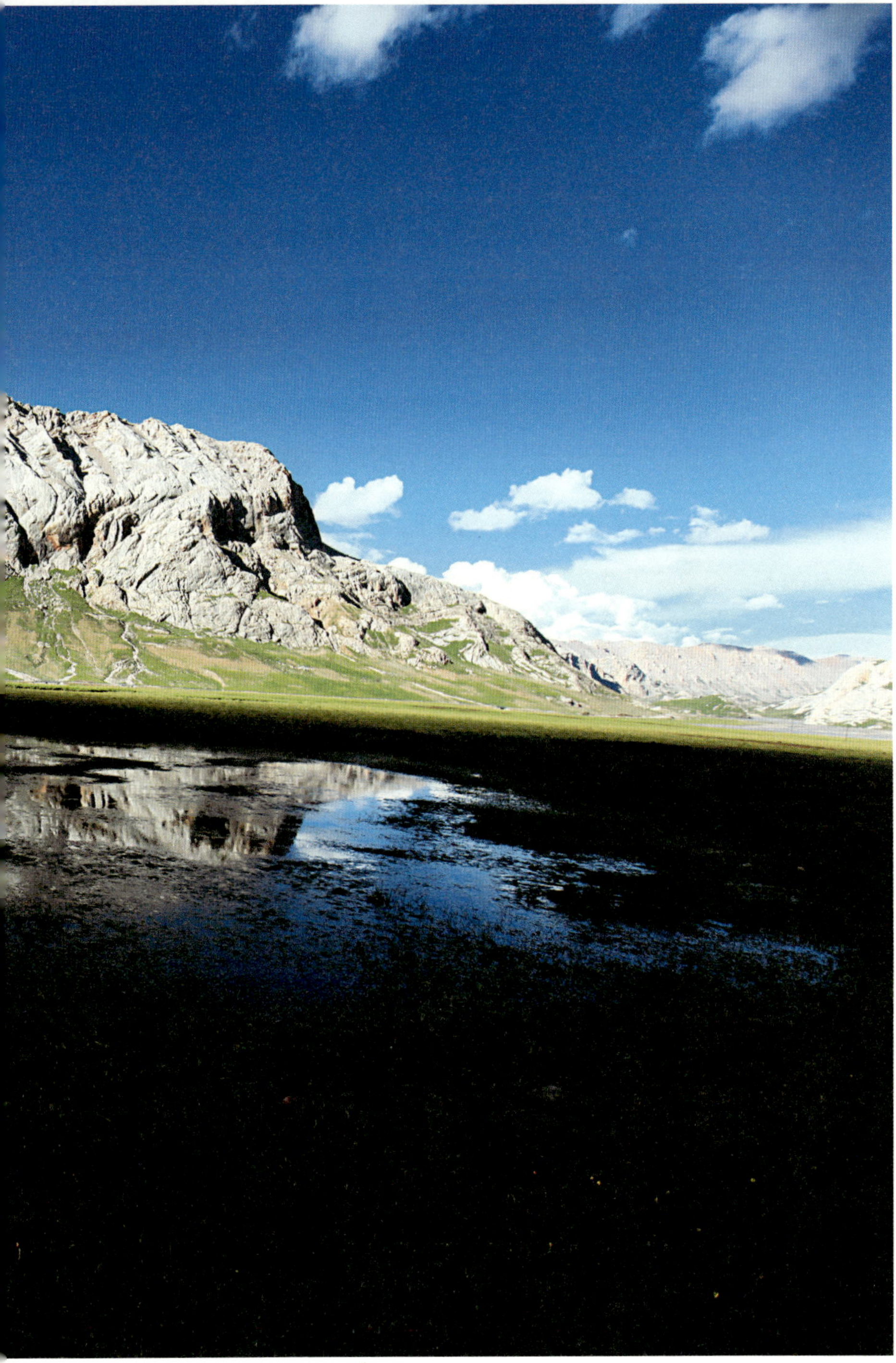

对此，我曾如是猜想：也许在曾经的地质年代里，地球表面原本就布满了很多深陷的大坑，也许最后一次冰川期来临时，它们依然还在。随后，厚厚的冰盖覆盖了陆地，冰盖之下的地表土壤变成了冻土。那些深陷的大坑也被冰层填埋，成了一个冰窖或冰窟窿。冰川期过去之后，气候一天天变暖，土壤取代冰层掩盖了大坑，上面长满了青草，但冻土层还在，大坑里的冰层还在。而大约过去12000年之后，温暖还在持续。当然，青藏高原冰川期过去的时间也许还没那么长，可能到5000年甚至更晚些时候。但是，它却与全球共同迎接着未来的温暖和炎热。现在，冰川时代终于远去，冻土开始融化，曾经被冰雪覆盖、被冰层填埋的那些大坑因为冰雪消融突然塌陷，变回大坑，露出了它的真面目。

在久远的地质年代里，无论是地层深处还是地球表面，所经历的深刻巨变可能远远超出了我们的想象。从这个意义上说，迄今为止，我们对地球的认识依然非常肤浅，至少算不上透彻。我很欣赏《万物简史》作者比尔·布莱森的一句话，他说，如果地球是一个苹果，那么，我们对地球的认识还远没有戳破那薄薄的果皮。冻土就是冻住的"果皮"，我们对冻土的认识也十分有限，有关这方面的调查研究也谈不上系统全面。为了撰写此文，我上网百度与"冻土"有关的内容，所查找到的国内有关冻土的文字都与青藏公路和铁路有联系，也就是说，青藏高原冻土地带的系统研究是因为已经建成的那条公路和铁路要穿越永久冻土层,不攻克此难题,此工程无法顺利实施。

  正是由于这个缘故,科学家对青藏高原多年冻土层的研究主要集中在昆仑山至唐古拉山之间,因为,这是青藏公路和铁路冻土地带的必经之地。通过对区域冻土环境要素在人类工程活动与气候变化双重作用下的变化对青藏高原高寒生态系统影响的研究表明,青藏高原多年冻土分布区的高寒生态系统中,随冻土上限深度增加,高寒草甸草地的覆盖度和生物生产量均显著减少,冻土上限深度与高寒草甸植被覆盖度和生物量之间均具有较为显著的相依变化关系。"近15年间,青藏高原区高寒沼泽草甸生态分布面积锐减28.11%,高寒草甸生态分布面积减少7.98%"(引自王根绪、李元首、吴青柏、王一博《青藏高原冻土区冻土与植被关系及其对高寒生态系统的影响》一文)。随着冻土上限深度增大,高寒草甸草地土壤有机质含量显著下降,高寒草甸和草甸草地土壤均呈现出明显的表层粗粝化。维护冻土稳定,对于高寒生态系统稳定、控制土地荒漠化具有重要意义。

  我第一次路经此地已是青藏公路建成通车多年以后的事,后来沿青藏公路和铁路又多次路过此地。每次过五道梁往唐古拉山顶时,我都会留意看一眼路旁的一个小院落和里面的那座小土屋。

  那小院落的门口挂着一块牌子,牌子本身很普通,一点儿也不起眼,但是那白漆为底色的木牌上写着的几个黑色大字却是非常地引人注目:中国科学院冻土观测站——记忆中的事,也许不大准确,但我确信不会有太大出入。据说，修筑青藏公路时它就已经存在了，一直到青藏铁路建成通车时，它还在那里。

每次看到那块牌子，我都心生敬畏，不只是对冻土地带，也是对一种献身科学的精神。要知道，那里的海拔已经在5000米上下，住在那里意味着要爬冰卧雪。在唐古拉兵站，有一次，一位年轻战士对我说，冬天夜里出去尿尿，如果不小心，自己尿出的尿会把自己顶翻在地。因为，一尿出去，尿就冻成了冰柱。那个冻土观测站就离唐古拉兵站不远，那里常年住着一群中国科学家，这不能不令人敬畏！

我想，住在那里的每一位科学家对青藏高原冻土地带一定都有过自己惊人独到的发现，在科学世界里也一定做过精彩而详尽地描述。遗憾的是，我从未读到过这些记述，从网上搜索的情况看，如我一般的读者都没有读到过这些记述。因为搜索结果显示，有关这方面的著述非常有限。我搜到的几本书都是苏联出版的大学教材，比如《冻土化学》《冻土物理学》等，像样的科普类文字确属罕见。由此我想，作为青藏高原生态系统中至关重要的一环，冻土生态系统对于大众而言依然是十分陌生的，所以一直没有引起足够的重视。比如当下，几乎所有人群一定都知道土地、森林、草原、江河湖泊以及动植物甚至冰川雪山的生态意义，可是，有多少人知道冻土呢？又有多少人知道冻土是一个复杂的生态系统呢？更遑论重视！

2017年9月24日，我从玛可河谷往多柯河谷，中间要翻过一座大山,一出班玛县城,一路都是山坡,都是盘山路。到山顶时有路牌,上书:德啄山口,海拔4418米。

山这面、山那面都是弯弯曲曲的盘山路,我看到公路边的排水沟里有水,便停了下来。因为修路,山体被切开了一道巨大的口子,路上方一边的草皮底下正有水珠一滴滴滴落,而后沿着被挖开的地表向下流淌,流进了路边的排水沟。虽然从草皮底下渗出的水不是很多,但一面山坡都有水渗出,就可以涓涓成溪,沿着排水沟向山下流淌了。

草原是一个有机的整体,尤其是高寒冻土地带的草原,草皮层就像人体的皮肤。地表之上生长有牧草——多针茅草或禾类草本植物,其根系发达,盘根错节,对并不厚实的表层土壤起到固本培元的作用,涵养水土。当一面山坡还完整的时候,在夏天,冻土融水自成一个循环系统,滋养牧草,到了冬天,大地封冻,这个系统又起到保墒保水的作用,防止土壤养分流失。可是,后来山上修了一条路,山体从山顶到山脚划开了一道巨大的口子,这是一道永远无法愈合的伤口。

于是,一到夏天,冻土融水便直接向地表以外流泻,像血,日复一日、年复一年之后,山体原本的水分都流失殆尽,随之流失的还有土壤的养分。

过了几年,那山上的植被便从山顶方向的公路两旁开始退化,慢慢向山下蔓延。又过了几年,公路两侧的山坡上已经没有牧草了,整个山坡上的植被也都在减少。

这并非个别现象,而非常普遍。只要在高寒地带修筑过公路的山上都能看到这样的景象。我在巴颜喀拉山麓见过,在唐古拉山麓见过,在高寒冻土地带的很多山体上都见到过。

记得一两年前,青海大学主持完成的一项研究成果表明,三江源地区草原退化的主要原因是土壤水分和养分的流失。那么,它是如何流失的呢?除了气候等自然因素之外,人类的不当行为也是原因之一。

当年——从20世纪六七十年代开始,我们用挖开的草皮在草原上垒砌一道道土墙建设"草库仑"时,也曾在草原上拉开一道道纵横交错的口子,形成一条条沟槽。一到夏天,冻土开始融化,那沟槽里就渗出水来,汪着,像水塘。过了些年,水就干了,沟槽边上的牧草开始枯萎,土地也开始干裂。

2018年8月,在直达桑姆贡山口,我看到一条长长的口子,很深,那是摩托车刚刚留下的印记。因冻土融化,摩托车驶过时,快速旋转的车轮切开了柔软的草原,形成了一道沟槽,冻土融水很快溢满了沟槽。它告诉我们,即使一条细细的口子也会对草原造成破坏,留下永久性的伤痕。

人体或别的动物的肌肤上割开一道口子,只要不是很深,一般来说,它都会自行愈合。不止动物,植物也一样,树上的疤痕就是这样形成的。其实大地也有自我修复的能力,一片森林被砍伐以后,只要其生长环境不遭到彻底破坏,过些年你去看,那里一定还会长出新的森林，尽管是幼林，但只要它的根还在，它还会继续生长。但是，假如我们一直不让伤口愈合，一直让它开裂着，任其感染，一直流着血，哪怕它是一道很小的伤口，迟早也会要命的。

这些山体上挖开的这些口子就是这样，因为机械填压铺设的大量沙石料、混凝土和沥青，这道伤口就成了永远无法愈合的伤口。

现在，大地之上，我们到处都能看到这样的伤口，一直流着"血"。

因全球气候变化，冻土融化的速度正日益加快，从而导致了冻土生态系统的整体性退化。从西宁周边春天树叶展开和落叶的时间及青海湖候鸟迁徙的时间判断，跟30年前比，青海的暖季整整延长了两个月。30年以前，冬天的青海湖边一般很难看得到白天鹅，那是因为，每年它们飞临青海湖的时候，这里已是冰天雪地，它们无法在此停留。这几年，它们经过青海湖的时间越来越晚，那是因为，它们从更遥远的北方起飞南迁的时间越来越晚了。虽然，它们已经大大推迟了向南迁徙的时间，但是，经过青海湖时，那里还是一片蔚蓝，那里真正的冬天还没有来临。于是，到青海湖游览观光的游客们也欢呼雀跃。

虽然2018年的夏天，青海几乎没有热过，好像夏天还没来就到秋天了，但是整体上，青海日渐变暖的趋势并未改变。与全球干暖化的趋势有所不同的是，这种趋势在青藏高原则表现为暖湿化，降雨量增加明

摩托车在融化的冻土地带留下的车辙

显，湿度也有所增加。从局部来看，这对高寒青藏高原似乎是一件好事。但从全球生态系统整体恶化的大背景来看，这也是一种恶化的迹象。

是的，我们的森林覆盖率、草原植被度以及江河的来水量和湖泊的面积都有所提高和增加，局部生态状况似乎都在明显改善，但是，请记住，如果全球气候都在不断恶化，那么，青藏高原的气候肯定也在恶化。而且，青藏高原对全球气候变化更加敏感——它被视为全球气候变化的驱动器，其敏感程度甚至远远超过了北极，气候变化带来的任何变故，最早都会发生在青藏高原。

我们把青海湖面积的增大和水位上涨都视为降雨量丰沛和生态环境得到改善的标志，即便这是一个不容忽视的因素，也绝不是主要因素，至少从长远看，不是这样。我个人认为，青海湖水位和水域面积变化的主要原因还是全球气候变化，而全球气候并不是在不断变好，而是在持续恶化。

因为气候变化，雪山、冰川以及冻土都在迅速融化和消失，不少融水都变成了地表径流，注入了湖盆地带。大部分融水还不是从地表以上注入，而是从地表以下注入的，比如大部分冻土融水。几乎所有的高原大湖都处在一个巨大的湖盆地带，周围曾经都是雪山和冰川，即使现在也依然是广袤的冻土地带。而冻土正在融化，冻土融水从四荒八野的地层深处源源不断地向湖盆汇聚，进入湖区，变成了湖水。

像青海湖、扎陵湖、鄂陵湖、卓陵湖都属此列，都在湖盆地带。

有千湖景观的星宿海也是，在一个更加宽泛的地理坐标上，它当属于约古宗列盆地的延伸段，或者是另一个更大的盆地——玛域盆地或星宿海盆地。从近些年青藏高原和南美洲高寒地带大湖区出现的变化看，不止青海湖，全球几乎所有大湖的水位都在不断上升，水域面积也都在不断扩大，变化速度几乎是同步的。

与之形成鲜明对比的是，一些高山小湖泊的变化，与湖盆地带的大湖不同，很多地处高山之巅的小湖泊水位非但没有上升，反而正在迅速下降，水面也在急剧缩小。因为冻土融化，高山小湖周边原本被多年冻土层永久封堵形成的天然"堤坝"已然崩溃，原本可以聚集的湖水通过冻土融化形成的地下通道四处流泻，不知所踪。这也正是众多曾经的小湖泊已经不复存在的根本原因。

2014年，秘鲁召开世界气候变化大会期间，我留意过一条新闻报道，说的是秘鲁一些高山湖泊的水位也在持续上涨，湖水淹没了周边大片的土地和草场，致使生活在湖边的土著居民不得不每年搬一次家。他们在此次大会上呼吁，如果不采取积极措施应对气候变化，这些土著居民将失去他们世代栖居的家园。

此前，在一些公开的文字中，我还读到，西藏一些湖泊密集的地方，也正在发生类似的事情，当地牧人也担心，如果这种现象持续下去，将会危及他们的家园。因为，全球气候的持续变暖，已经成为一个世界性的话题，越来越受到人们的密切关注。如果一味地为湖泊水位上升而欢呼雀跃,有失科学精神。

人们只注意到了这种变化带来的一个正面效应,而忽视了它的负面效应。爱德华·洛伦茨说,因为远在巴西的一只蝴蝶扇动了一下翅膀,改变了空气持续流动的方式,最后可能会在得克萨斯州引发一场龙卷风。这就是著名的"蝴蝶效应"。既然这只"蝴蝶"可能在得克萨斯引起一场龙卷风,自然也可能会在西宁、在青藏高原或者别的什么地方引起点儿什么。譬如,西宁的冬天会不会更暖和一点儿?这看似荒唐的事情,却已经在我们身边发生了。只是这次它没有引起龙卷风或者飓风,而是引起了全球气候的变暖。而且,最初的变化都出现在青藏高原上。

与"蝴蝶效应"有异曲同工之妙的还有一个经典"现象",叫"青蛙现象"。把一只青蛙放到一口盛着凉水的铁锅里,用文火慢慢加温,直到被烫死、煮熟,青蛙感觉到热时已晚了。综观今天的地球,就像一口煮青蛙的铁锅,而煮在锅里的青蛙则非人类莫属了。人总是为眼前的一时之快而庆幸,却不知危在旦夕。

到了秋叶飘零的季节,树叶还不凋落,那肯定是季节出了问题,而不是树木不知冷暖。一只候鸟,总是在不该飞走的时候飞走,不该飞来的时候飞来,那也是季候出了问题,而不是候鸟。我们对季节更替之异常、对候鸟迁徙之变故所持有的心态就是"青蛙"的心态。

1988年8月3日，我乘坐长途班车去玉树，当晚宿河卡客运食宿站。记得汽车开进食宿站大门时，天色尚早，太阳还在半空中。当晚，吃过晚饭，我们出门溜达，就看到一条尘土飞扬的小街上，到处都是牛粪、马粪和闲逛的藏狗。身着藏袍的藏族人和不明身份的路人从仅有的几家小饭馆、小商店里进出……回到住处，房间里没有电，每人以半截蜡烛来照明。那时候，这样的食宿站的房间里，即使夏天也得生火，燃料大多是牛粪，很少有煤炭。所以，就得早早上床睡觉。睡觉之前，我又到院子里望了一眼河卡山的方向，一片苍茫，天际的霞光还没完全消散。阵阵寒气袭来，俨然冬天。

那时候的路况都很差，从西宁出去，无论哪个方向，无论是国道还是省道几乎都是沙土路面，且凹凸不平，像搓板，人称"搓板路"。那时候的车况更差，跑长途的班车都很破旧，样式也很老，行驶在路上，除了发动机的轰鸣声，整个车身都会发出"哐啷哐啷"的巨响，好像随时都要散架，因而走得也慢，因而在什么时间走到什么地方，在什么地方食宿过夜，什么时间抵达终点，都有明确的规定，不能变更。往玉树和果洛，第一天都得在河卡或温泉住一夜，第二天才能继续赶路。如果顺利，去果洛的班车第二天晚上就能赶到，而去玉树，过了河卡和温泉，在花石峡还得住一夜，这样至少第三天夜里才能到。

4日，翻越巴颜喀拉山时，那里已经在下雪，山上已经落了一层厚厚的白雪。正是七月流火的季节，这是我在这个季节第一次遭遇大雪天气。雪地里牧人的帐篷几乎被大雪掩埋，只剩下一个小小的黑点。周围散落着牛羊畜群，牦牛也像一个个更小的黑点，而羊群因为毛色是白的，不仔细看，几乎与积雪融为一体，难以分辨。细看，才发现它们的毛色比之白雪还要深一些，泛着黄。

透过车窗，在路边水洼处、小河边，厚厚的雪层边缘，是一簇簇翠绿的牧草。因为有白雪的映衬，那草叶显得尤为娇嫩，也更为鲜艳。那也是我第一次看见厚厚的白雪之下竟有翠绿的牧草生长。

后来，我还知道，那白雪之下并非全是松软的土壤，只有薄薄一层土壤才是松软的，松软的土壤中是无边的牧草的根系，那根系就是牧人和畜群赖以生存的根。大地生长牧草，水草滋养畜群，畜群养活牧人，这是一个生命的链条。

所有地球生物都维系在这样一根链条上，包括动物、植物、微生物、细菌类和藻类。生命无处不在，而所有生物都因这根链条的存在成为一个整体，万物皆为一根链条的有机组成，任何一个物种的消亡都会使其断裂。

那么，那一层松软的土壤之下是什么呢？还是土壤，但不是松软的土壤，而是冻土，厚厚的冻土层，像岩石一样坚硬，甚至比岩石还要坚硬。

从那个时候开始，我在这片土地上的跋涉从未间断过。去的最多的地方就是果洛和玉树两个藏族自治州。我想，前后加起来至少有几十次，在那里的累计时间会超过三年，到过绝大部分乡镇和牧民定居点。除了生我养我的那个村庄之外，江河源头也成为我最熟悉的地方，玉树州还曾授予我"荣誉居民"的称号，可以说，那里也是我的故乡。

所以，我每次动身前往这片高大陆时，都不像是出门，而更像是回家。尽管，那个地方遥远，称得上远方，以致很多人一生都难以抵达，但在我，它一直就在眼前，就在心里。只要一有时间，要去一个地方时，我就会想到这个地方。如果因为别的事情耽搁，隔了一年半载还不曾成行，我就会感到不安，甚至会很烦躁，像是丢了魂儿一样。这是一种病，一种思乡的病，无药可治。治愈的唯一方法，就是放下手头的杂务和琐事，尽快踏上返乡之路。从我背着沉重的行囊出门的那一刻开始，心头的沉重感便会立刻减轻，及至踏上那片土地，闻到那土地上泥土和青草、牛粪和马汗的味道，看到那片土地所特有的蓝天白云以及山岗和视野尽头的皑皑雪峰，病就会彻底痊愈，精气神又会回到体内。

而我要去的那些地方的平均海拔在4200米以上，果洛、玉树有六个县城的海拔就超过了4000米，五个县城的海拔超过了4200米，应该都是冻土地带，至少以前是。

冻土是冰冷了，但因为有生命和阳光，冻土地带才有了温度，也才有了生命的迁徙和精神的跋涉，才成为生灵栖居的家园。其中有人类，也有狼族、鼠族、鸟族、棕熊、羚羊、野驴、旱獭、野牦牛以及牛羊畜群和蝼蚁爬虫——曾经还有恐龙、猛犸象和巨型披毛犀……

我们自荒原深处集结

从不同的地方走向命定的远方

我们得到一个秘密的指令

在漫漫长夜护送你远行

从久远的过去到久远的未来

我们一直就在同一条路上

从不曾偏离你行进的方向

黑夜降临。我听见你在山岗之上的一声叹息

眼眸如绿色的星辰璀璨夺目,摄人心魄

远方悠扬的嚎叫划过寂寥的夜空

你孤独而行。你走过旷野

走向未知的远方,寻觅一个早已注定的方向

目光越过苍穹。你在找寻一颗星斗

而星斗已然坠落。从出发的那一刻起

你一直渴望抵达。抵达遥远的期待

我们是异类中的同类

你的使命也是我们的使命

你遥遥无期的跋涉成为一种孤独的守望

我们尾随你的足迹试着穿越恒久

用旷野上怒号的风吟诵你的诗篇

当早晨来临,阳光照耀黑暗的时候

你所走过的路上已经开满花朵

花朵之上缀满了你在黎明前流下的眼泪

很久以后,你尚不曾抵达梦中的家园

而我们却一次次与自己的家园擦肩而过

呼唤依旧在远方。我们依旧在路上

有一天,你终于停住脚步

而我们却听到所有的脚步都已临近

——古岳 《圣徒与狼群》

拉姆德钦和东珠

我看到的拉姆德钦一直在忙,总也没有停下来的时候。我感觉,除了睡觉的时候,她几乎没有休息的时间,哪怕是一小会儿。

藏族女人恐怕是这个世界上最辛苦的女人,因为她们几乎包揽了家中所有的苦活累活,这是藏族社会由来已久的一个普遍现象。而夏季牧场的藏族女人更辛苦。

每天凌晨四点左右,她们就要起床挤牛奶了。等把最后一头挤完奶的牦牛从拴着的毛绳上解开,放到草地上吃草时,太阳快要出来了。之后,开始为一家人熬奶茶,准备早餐,锅碗都还没有收拾好,又得准备着挤第二次牛奶。挤完奶,一放下奶桶,又要准备午饭。吃过午饭,收拾完碗筷,便到了第三次挤牛奶的时间。之后,又得忙着收拾已经晒干了的牛粪和别的家务活,紧接着,得忙着挤第四次牛奶了。之后,准备晚饭……忙完这一切上床休息时,通常情况下都是午夜时分了。

隔三岔五,还要打酥油、熬曲拉,家中有小孩和老人的,还要照顾孩子和老人。打酥油很费功夫,需要专门抽出时间来完成。而熬曲拉的事则不需要专门操心,好在屋内火炉里的牛粪火可以一直让它燃烧着,把熬曲拉的大锅往炉子上一放,暂时可以去忙别的事。但是得记着,每隔一两分钟都去看看,再用铁铲搅动一下曲拉水,否则,一不留神,水熬干了,会把曲拉熬焦煳了,吃不成。

夏季牧场的牧人,大多一天要挤四次牛奶,凌晨四点多一次,上

挤牛奶的拉姆德钦

午10～11点第二次，下午四点半左右第三次，晚饭前第四次。因为晚上把牛群赶回来时，太阳早已下山了，挤完牛奶才有时间做晚饭，所以，一家人坐下来吃晚饭时，一般都在晚上九点以后了。所以，哪怕是去很近的地方，拉姆德钦也是跑着去的，好像她连慢走几步的时间都没有。

那么，藏族男人干什么呢？是不是闲着，什么活也不干？也不是，但他们永远没有藏族女人那么辛苦。放牧的任务，几乎都是由他们承担的。早上，等妻子挤完牛奶，把牛群放开了，他们就会把牛群赶到牧场上，之后回到家里，隔一阵子再去看看牛群，如果牛群走远了，稍稍往近处赶一下，再回来。有一天午饭后，东珠去看牛群时，我也跟着去了。小时候，我也放过牛羊，这活我熟悉。出了门，我问东珠，牛在哪个方位？东珠指了指北面河谷偏西的方向，我们就朝那个方向走去。

他家屋后有一条小河，天旱的时候，河里没有水，只有满河床的石头。现在是雨季，加上那几天几乎每天晚上都有雨，有一天，几乎下了一夜。密密麻麻的雨滴落在帐篷上"噼啪"作响，偶尔也有一滴不知从哪里飘进来的雨落在脸上。那天午后，出了门，我们就沿着那河的右岸向北，走不远，又过到左岸，还是一路向西北。大约半个时辰之后，我们已经站在恩钦曲南岸的高台上了。

从那河岸上望出去，整个河谷尽收眼底。牛群没在那个地方，而在东北方向的河滩上。我们又往东走，回到那条小河的西岸。望了望牛群，大约还有一公里的路程。我就对东珠说，我有点儿累了，想慢慢往回走，你自己去赶牛，我在半路上等。我们行走的地方海拔已经超过4600米，走远了，我担心自己走不回来。东珠说了声"好"，便向牛群的方向跑去。刚才，为了顾及我，他走得不算很快。现在他不用管我了，就一路小跑，我再回头时，他已在一里开外了。我走下河岸，踩着满河床的石头往回走。快到家的时候回到岸上望了望，东珠和牛群还离得很远。东珠又把牛群往家的方向赶了一程，等他回来时，我在帐篷里睡着了。

除了放牧，几乎所有与外界接触的事务，也全由男人打理，比如偶尔到县城购买一些生活用品或者寺院里有什么事情，或者附近哪个地方要举办赛马会了，他们也可以出去逛逛……至少整个夏天都是这样。我们在迪嘎盖的几天里，东珠就抽空去了一趟县城，除了给家里买了点儿东西，还给邻居也捎了些东西回来，其中有一袋大米。

到了冬天，如果没有雪灾什么的，藏族女人的日子就会好过一些。虽然还会挤牛奶，但每天挤奶的次数要少很多，一般一天也就挤一次，空闲时间也多了。这个季节，如果女人们愿意，就可以陪同自己的男人到县城或州上的小城里逛逛，给自己或孩子们添一两件新衣服，也可以到亲戚家走走。

这就是日子，拉姆德钦和东珠两口子的日子大致也是这样过的。

而现在正好是夏天，正是女人们忙得不可开交的季节。当然，男人们也不是一直那么闲着，他们也在忙，只是没女人们那么忙。

每次，拉姆德钦蹲在牦牛身边挤牛奶的时候，东珠也没闲着，他戴着一双手套，从妻子蹲着挤奶的那个地方，从一头头牦牛身边，一次次弯下腰，用双手捧起一堆堆新鲜的牛粪，使劲把它分散扔到牛圈周围的草地上。捧起牛粪之后，他先会在手里抟一下，而后，屁股一撅，从胸前把它抛出去。抛出牛粪时，你必须憋足了劲，而且要稳，手法也要得当，只有这样才能把牛粪抛得很远，也能让它落在你想让它落下去的地方。它不仅需要体力，也需要技巧。因为牛粪是湿的，这样抛出去，落到地上时，就自然摊开了贴着草皮，晒一两天就干透了。每隔一两天，他们家牛圈周围的草地上便有一层干牛粪。

这个季节，迪嘎盖多雨，且多在夜里。从第二天开始，每天夜里，我还是会醒来好几次，都不是被欧沙的呼噜声吵醒的，而是被雨声和雷声惊醒的。雨滴打在帐篷上，声音很响，细听，如马蹄声落在草原。不时伴有暴风雨，密集的雨滴落在帐篷上，势如万马奔腾。雷声从耳边滚过，惊天动地。只好睁开眼，望着天空的方向，却什么也看不见。

一天夜里，我心血来潮，爬起来，撑一把伞站在帐篷外面，去看达森草原的雨夜。可是什么也看不到，或者说，除了雨夜什么也看不到。而雨夜混沌，漆黑一片。那一刻，我甚至感觉自己已不复存在。

仿佛自己已变成一小片黑夜,消失了,在茫茫雨夜中烟消云散了。

如果恰好有闪电,你会看到,它猛烈地一击,在黑夜的一侧撕开一条不那么规则的缝隙,那缝隙像是被熊熊烈焰燃烧出来的。那缝隙照见了你,让你感觉到了存在。但这是在雨夜,再凶猛的火焰也无法烧毁无边的黑暗。只一刹那,最后的一缕火苗也已被无边的雨夜吞噬,天地重又陷入一片黑暗。在雨夜,在帐篷里卧听雨声时,思绪也像那雨夜漫无边际。

偶尔,也不知是从什么地方飘进来的,会有一滴针尖儿那么大的雨滴恰到好处地落在脸上,使你一激灵,顿觉灵魂出窍。

雨后的早晨,牛粪都淋湿了,稀糊糊的,东珠在把牛圈的牛粪用手拣起来扔到远处的草地上时,牛粪就会溅落一地,总也落不到他想让它落下去的地方。为此,他必须花费更多的时间和精力。每当这个时候,我想,东珠会讨厌下雨的日子,尤其是下在夜里的雨。但是,从他扔牛粪的动作中,我却一点儿也看不出来跟往日有什么不一样的地方。他依然扔得很起劲,很认真,脸上依然是往日那一副一丝不苟的表情。也许他曾想,这就是他的日子。

东珠只管晒牛粪,剩下的事也得由拉姆德钦操心了。她会用一条塑料纤维编织袋把那些干牛粪收集起来,背到家里放牛粪的屋子里摞起来,于是,整个夏天的燃料就不愁了。清理和晾晒牛粪也不全是为了收集和储藏燃料,也是为了牛圈的卫生,如果湿牛粪积多了不及时

73

清理掉，牛群回圈后，就无处安卧，就会影响到牛的休息和反刍，甚至会影响到膘情和产奶。一坨看似简单的牛粪，细想起来，却与一家人的生活息息相关。

可能是因为太忙，除了看到女儿跑远了会喊一嗓子，拉姆德钦几乎一整天不说话，甚至一连好几天，她都不会说上一句完整的话。她也几乎不换衣服，每天都穿着同一件衣服。因为太忙，连头发都顾不上梳一下，就整天戴着一顶用毛线编织的帽子，以遮挡乱蓬蓬的头发。脸蛋晒得黑红，且满脸倦容。因为很少看见她的笑容，我以为她生性

拉姆德钦家的牦牛

如此，不喜欢笑。后来，看到她笑，觉得她还是笑的时候好看。

她少有的几次笑容都与女儿贡拉措有关，贡拉措正是调皮的时候，不高兴了，或是犯困了会闹腾，偶尔也会哭上一阵子。相对于她爸爸东珠，她更喜欢缠着她母亲。即使再忙，腾不开手，拉姆德钦也从不动怒，总是顺着她。实在无法分身，而又拿女儿的纠缠没办法时，她就会露出笑容来，好像笑一笑，一切都会好起来一样。住在迪嘎盖的那几天里，我给小贡拉措也拍过不少照片。

以前，藏族忌讳拍照片，总觉得把容貌影像留在另一个时空里是对自己的一种伤害，尤其不喜欢陌生人给自己拍照。但是，拉姆德钦和东珠都不反对我给他们的女儿拍照，有几次拍照时贡拉措不愿意，他们还耐心地劝导女儿。这个时候，拉姆德钦也会露出少有的笑脸。我能看出她不仅不反对我给她女儿拍照，还很开心。

我当时就想，可能我是嘉洛带来的客人的缘故，相处了几天彼此也熟悉起来，便不再把我视为陌生人了，甚至已然把我看作了家人，于是温暖感动，也可能是一些传统的观念已经发生了转变。

毕竟这个世界已经改变了很多。即使在迪嘎盖这样荒僻的高原牧场，移动电话也已成为日常用品，虽然这个地方目前还没有通信信号，但他们都知道用手机拍照。很多牧人甚至已经开通了微信，虽然在很多夏季草场上也因为没有信号，无法使用，但他们都会用，偶尔走出夏季草场，或者回到冬季草场之后，很多地方都能收到微信。这种改变无处不在，某种程度上，它也正在改变着他们的日常生活。

虽然没有手机信号，但是，他们拥有自己专属的通信工具：步话机或对讲机，至少户均一部。迪嘎盖草原属达森草原的一部分，行政区划上属多彩乡达生牧委会（行政村）管辖。牧人平日用的步话机以牧委会为单位，有自己的专用频道或波段。每家每户的步话机一天到晚都是开着的，像广播一样，里面随时都有一个或很多人在说话，收听的人能从说话人的声音和所谈论的内容来判别是否与自己有关，或谁家、什么地方发生了一件什么样的事情。如果要通知或者问个什么事情，要找个人或者打听一下自己家牛群的位置，都可以在里面喊，过不了一会儿，里面总会传来你想知道的消息。尤其是打听方圆几十甚至上百公里之内的消息，我感觉它比任何其他通信工具都来得迅捷。因为你只要在公共频道一喊，即使有很多人不知道，终归也会有一个人给出确切的回答。大多数时间他们都共用一个波段，如果有私事，还可以调频，只跟某个人说话。有一天，我们从里面听到邻居多杰家的一头小牛犊也被狼叼走了，前一天下午，我还刚刚去过他们家，说了半天的话。

不过，我还是不大喜欢步话机。只要身边有一部步话机，即使没人在里面说话，它也"吱哩哇啦"地响个不停，像收不到节目的半导体收音机，全是杂音。有的人还把音量调得很大，于是，你就休想让你的耳朵得到片刻的安宁。

但是，我在达森草原看到的每一个人似乎都已经习惯了它"吱哩哇啦"的声音，所以，才让它时刻保持畅通的状态，让它不停地喊叫着，好像只要那声音一停，他们的世界就会有所缺失一样。虽然我讨厌那声音，但从未对任何人明确表示过。如果他们所有人都已经习以为常，甚至对那声音产生了某种依赖，那就是生活的一部分，你不但不能表示厌恶，还要给予必要的尊重，否则，你自己也会成为讨人厌的对象。

人类社会面对任何一种喧嚣时，其实都曾有过这样的经历和体验，我以为，现代社会绝大多数与电声、电子或无线传输有关的日常用品所发出的声音，总体上都可归入此种"喧嚣"的范畴。生活在当今世界的每个人，几乎都曾有过这种由厌恶、拒绝到慢慢接受，最后终于亲密无间、须臾不可分离的经历，电脑、电子游戏都属此类。从长远看，高原深处的草原牧人也不例外。某种意义上说，全球一体化也许是一种不可阻挡的趋势，正在向世界的每一个角落渗透。

而真正深刻的改变，却是从你看不见也摸不着的细微处开始的，所以，不易觉察。

除了他们小两口和贡拉措，住在拉姆德钦家小院里的还有一位家庭成员，是一匹小马。我原以为，那就是一匹矮马，长不大的，可后来我才得知，那原本就是一匹小马驹，才一岁，不久之前才来到他们家里。据说，它父亲是一匹远近闻名的骏马，曾在全州赛马会上得过冠军，身价上百万。它的主人是东珠的妹夫，东珠爱马，妹夫家的这匹小马驹出生不久，便花了15000元买来了。嘉洛说，它的实际价格要在50000元以上，因为是至亲，没多要。

每天晚上，把小马驹从门前草地上牵回家，拴在院墙根里，是东珠临睡前所做的最后一件事。嘉洛说，如果它像父亲，再过一两年，它也会名震玉树。他猜，东珠也怀着这样的希望。不知道为什么，我总觉得，东珠之所以让这样一匹小马驹出现在自己家里，多少与自己的女儿有关。因为他自己小时候，草原上还有很多马，记忆中到处都有马的身影，而现在很多人家里已经没有马了，他不希望女儿的记忆中没有马。

至于未来的草原上是否还有马的存在，有两种截然相反的观点，一种认为，马可能会被摩托车和汽车取而代之，有一天，草原上再也见不到马；另一种则认为，马会一直存在下去，因为它是游牧文化的图腾和灵魂。我不敢妄断，却打心里希望是后者，因为如果没有了骏马奔腾的草原，人们失去的将不仅是一种记忆，还是一种精神。所以，我也希望，东珠的那匹小马驹能成为一匹真正的骏马，在草原上纵横驰骋，并将这种记忆深深地镌刻在小贡拉措的脑海里。虽然那不是一匹白马，而是小青马，不要紧，也许贡拉措喜欢的就是一匹大青马。

嘉洛和贡拉措的童年

坐在帐篷前的草地上，说起以前的草原时，嘉洛告诉我，他还记得，三岁时山坡之上终年不化的冰雪，至今想来还是一片洁白的样子。

说这话的时候，他看了一眼不远处跑来跑去的外甥女贡拉措，她刚好也三岁。于是，我想到一个问题，三岁的贡拉措长大以后，想起自己在草原上的童年时，会记住什么？我不知道那会是什么，但肯定不是冰雪，因为，眼前的山上已经没有冰雪了。嘉洛无法忘怀的皑皑冰雪，并未出现在贡拉措的记忆里。他们拥有不一样的童年。

一天下午，我指着南面的仙女峰，让欧沙问贡拉措：你看那山上有什么？我希望她回答，山上只有岩石。她的回答出乎意料：阿热啊（音，意为老鼠或鼠兔）。我以为，欧沙把我的意思翻译错了，又说了一遍，再问，她的回答又变成了：狼。

贡拉措的舅舅嘉洛也在三岁时才第一次来到这片草原，他的记忆里却没有老鼠和狼。虽然，那个时候，迪嘎盖草原上也肯定有老鼠和狼，但比起老鼠和狼，还有更值得铭记的事情。他记住的是山上的冰雪。

也许，长大后的贡拉措可能不会住在草原牧场上，因为九年义务教育的普及，再过三四年，她可能会到设在多彩乡上的中心寄宿小学去上学，之后，再到县城的民族中学上学，说不定还会去上大学。虽然，往后的事，谁也说不上，但如果真是那样，长大后的贡拉措重新回到达森草原当个牧人的可能性是不大的。

迪嘎盖的仙女峰

其实，已经有越来越多的牧人不住在曾经的草原牧场上了。以前的牧人离开一片草原只是去寻找另一片草原，是逐水草而居。他们从不曾真正离开过大草原，他们只是在不断迁徙，离开和抵达都在草原上。而现在，很多牧人离开草原则可以说是永久的离开，从此，曾经的牧场和畜群可能都会留在梦里。

眼下的这个世纪开始之后，大批牧人不断离开草原渐渐演变成了一个时代性的潮流。也许还不能说这是一个趋势，但可以肯定，它已经不是个别现象，而是一次历史性断裂。藏族游牧世界由此出现了两个明显的分野，一个是依然留守在故土草原的牧人世界，另一个则是已经永久性迁离草原分散定居在城镇的牧人族群——我把他们称之为"城市牧人"或"住在城镇的牧人"。在一个更加宽泛的世界里，也许我们可以把它视作城市化进程或城乡一体化建设的一个结果。

就全中国而言，因为改革开放时代的伟大实践，至少有数亿农村人口已经住到城里，他们中的很多人都已经变成了城市居民。当一种历史性的变革成为一个社会基本的模式形态时，它必然也会成为改变整个社会历史走向的主导力量，成为历史潮流。它会波及整个社会的每一个角落，所有的人群都不会被遗漏。

也正是因为这历史潮流，作为广大农村人口的一部分，很多牧人开始跟随城市化的步伐走进城镇，买房子住了下来。在青海牧区，这样的事早在20世纪80年代末就开始发生了。

比如治多县最西部的索加乡，这里原本的土著居民非常有限，超过4万平方公里的广阔草原上只生活着百八十个藏族居民，过着狩猎和游牧的生活。20世纪70年代初，从东部各乡镇政策性迁移几百户牧人到这里，设立了一个新的人民公社：索加公社。到2000年前后，超过200户的牧人已迁回县城边缘。

因为原来的牧场已经有了新的主人，回不去，迁离索加草原之后，他们只能依附县城以求生存。再后来，因为三江源生态保护，政府也开始鼓励并组织生态移民，又有大批牧人迁离世代居住的草原。

与此同时，还因为大规模教育结构的调整，原来以行政村为单位设在草原上的学校和教学点都统统被撤销，每个乡镇只保留了一所寄宿制中心小学，中学只设在县城。而普及九年义务教育却是一项法律，不得违背，它要求每一个学龄儿童必须入学，不得已，为了让子女就学，又有一大批牧人离开了草原。

嘉洛有一个哥哥、五个妹妹，哥哥打小在爷爷身边，是爷爷养大的，现在还跟爷爷一起生活，住在达森四队（社）。五个妹妹，除了老五拉姆德钦，大妹秋吉、二妹兰卓、三妹索南拉姆、四妹达吉现在都住在县城。

嘉洛本人是2007年离开达森草原去县城定居的。前些年，他买了一辆大卡车跑运输，后来又做点儿生意，在县城比较方便。后来有了妻子成了家，而妻子是西藏昌都农区的，不大适应牧区的生活，就在县城买了房子住下了。2017年，他和其他几个达森出去的人一起，创办了一个合作社，叫察耶诺布央措牧业专业合作社，涉及达森草原的15户牧人。合作社的负责人苏日多杰是文扎的哥哥。他们从达森牧人家里收购鲜奶，之后运到县城加工成酸奶、曲拉等乳制品出售，销路还不错，基本上都被提前订购了。今年夏天，每天的鲜奶收购量都在250公斤上下。嘉洛说，以目前的形势看，以后，可能还得把规模弄大一点儿。

他手机的相册和微信里有很多他妻子的照片，有几幅，他给我看过。给我看那些照片时，他并未明说，照片上的人是他妻子。一幅照片的拍摄地点是河边草原，草地上袅袅婷婷地站着一个女人，穿着长长的绿裙子，色彩艳丽，样式有点儿像旗袍，但又有点儿藏式元素，想来应该是新式藏装。我问："你妻子？"他回答："是大姨子。"再往后翻，第二幅照片上站着的女人也穿着长裙，样式一模一样，只是裙子的颜色是红色，也很艳丽。他说，这才是他妻子。我连连夸赞，末了还附和道："是啊，让这样一个美人住到草原上放牧，确实不合适。"

贡拉措有一双明亮的大眼睛，厚嘟嘟的小嘴唇，圆圆的红脸蛋，宽宽的额头。不算长的头发早晨都扎着两个马尾辫，不一会儿就乱了，但即使到了晚上，那马尾辫也不会彻底散开。想来，拉姆德钦即使再忙，也无时无刻不在注视着女儿身上的任何变化。等她长大了，一定会成为达森草原的美人。治多草原自古出美人，格萨尔王妃珠牡就是

小贡拉措

　　治多女人的骄傲。但是，我猜想，长大成人后的贡拉措未必会喜欢她昌都舅妈那样的长裙。像音乐一样，衣着流行款式的变化是每个时代最具潮流标志的变化，以前是，现在是，未来也一定是。

　　当然，可以肯定的是，长大成人后的贡拉措即便真的离开了草原，偶尔也会回到达森草原。因为她会想念草原，尤其是夏季牧场，像每一个曾经离开过草原的人一样。

　　每一个离开童年故乡的人都会不停地想念曾经的日子，这是一个情结。这个情结在草原牧人的心里就像一种病，随着时间的推移，病情就会加重。离开的日子越久，想念也会越发沉重。于是，他们会不断踏上返乡之路，回到草原上走走，以缓解思乡之情。贡拉措也不会例外。

如果是那样，我想——很久之后的某一个夏天，当贡拉措再次回到这片草原时，要是也有一个人问她同样一个问题，她会做出怎样的回答是一件不确定的事，她的记忆里也许还有狼和鼠兔（阿热啊），但她说出来的不一定是狼和鼠兔，很可能是别的。比如终年云雾缭绕的迪嘎拉姆切吉和远处的索布察耶神山，还有每天清晨和傍晚那满天的霞光，也许还有日夜奔流不息的恩钦曲以及开满草原的那些花儿……

从这个意义上说，即使有同一个故乡，几代人记忆中的童年也是不一样的。嘉洛记忆中那一派皑皑的冰雪世界再也不会出现在贡拉措的记忆里，因为，它已经消失了——也许是永远地消失了。至少以当下的趋势看，已经消失了的那些雪山和冰川再也不会出现了。

嘉洛说，他第一次到迪嘎盖时，迪嘎拉姆切吉之上，从这头到那头，半山腰以上几乎全是冰雪，终年不化。所以，一到夏天，经常会发生雪崩，山上崩塌下来的冰雪像瀑布，会盖过山下的草原。如果山下有牛羊，也会被冰雪掩埋。离得远一点儿的牛羊会吓得跑到很远的地方。

他出生在索布察耶神山脚下，三岁时到迪嘎盖，从那之后，直到20岁之前，他的记忆都是清晰的。"之后都变得模糊了，好像什么也没有发生过。"嘉洛对此感到困惑，不过，他还是记住了草原上的一些变化。

他说："大约是1994年，突然发现雪线向山顶方向退了一点儿，虽然不多，但很明显。之后，雪线一直在向上退，到1996年时，它后退的速度更快了，好像一下上升了很多。到2000年时，四周的山顶上已经看不到冰雪了。"这些已经消失的冰川和雪峰也是文扎童年记忆中的景象。

"有个与我一起长大的小伙伴，叫嘉文，和我同岁。20岁时，我们一起到索布察耶神山的雪线跟前，坐在那里的一块大石头上，一伸手就可以摸到冰雪。那是一个夏天。去年，我和嘉文又到那个地方，找到了我们坐过的那块大石头，又上去坐了一会儿，但是以前从上面就能摸到的冰雪却已经离得很远了。我们从那块石头的地方往雪线退去的方向用脚步丈量，大约走了2000米才走到有冰雪的地方。冰川和雪山已经后退了2000米，这才18年的时间。向山顶望去，从那里到山顶的距离肯定没有2000米了。"末了，他又补充道，"这不是指高度。"

"记得小时候，每年5～6月、9～10月，雨雪多的话，落在山上都是冰雪。只有7月份，山上才下雨，雨在山上停不住。而10月份以后，山上山下，虽然下的都是雪，但这个季节的雪水分不大，干，风一刮，雪就吹走了。

"小时候，5～6月、9～10月的雨水特别多，所以，山上的冰川和积雪都很稳定。后来，这个季节的雨水少了，山上的冰雪也越来越少。小时候，感觉一年四季都很冷。很多时候，站在外面手都伸不展。现在那么冷的天气已经没有了。这一切好像与空气和环境的变化有关。我爷爷那一辈人在的时候，草原上看不到任何垃圾，人们非常重视空

嘉洛

气和环境的保护,连一根骨头都不允许在草原上烧的。老人们说,那臭气会弄脏空气,空气脏了,就会影响气候。

"另外,尤其重视水源地的保护,别说在水源地和水体中乱扔垃圾,就连自己的手,在没洗干净之前也不会直接伸到水源地的水体。以为那样'勒'神会生气。它一生气,水源就会干涸。这样的事发生过很多,这些年很多水源的干涸,老人们都认为与水源地的污染有关。

"我小时候,从冬季牧场往夏季牧场转场,最迟3月底就开始了,一直到9月底才搬回冬季牧场。到夏季牧场时,草原上还有厚厚的积雪。现在,我们在冬季牧场挖完虫草才往夏季牧场搬——以前也不像现在这样专门腾出时间挖虫草,7月才转场,9月底回去。在夏季牧场的时间从以前的半年减少到不到两个月。一年中的大部分时间在冬季牧场,这也可能是大部分冬季牧场草原退化的一个原因。

"人们都把草原退化的根源归结到牲畜头数上,其实牧人自己很清楚,那与牲畜无关,而是过度延长冬季牧场的放牧时间造成的。为什么会这样?是人们对金钱的贪婪导致的。挖虫草比放牧赚钱,传统的游牧方式变了,导致了草原的退化。

"我小时候,狼只吃羊羔,不会攻击牛和马。现在因为孩子们要上学,家里人手不够,没有人手一直守护着羊群,担心狼会随时叼走羊羔,甚至会咬死整群的羊,这里的牧人都不养羊了。狼也开始什么都吃。"

每天晚上，我在帐篷里整理田野笔记时，嘉洛也会拿出一个本子在上面写写画画，有时还会拿出一叠长条经卷诵读，便以为他是读过书的。一天晚上，我终于问道："你上过学?"他回答："没有。""那你还能读经文?""是我自学的。""从来没人教过?""没有。""那现在你……"他显然明白我的意思，还没等我说完，就抢过话说："一般的藏文阅读和书写都没有问题，还开始自学汉语了。"我不禁刮目相看，心生敬意。

源·琼果阿妈

拉姆德钦家后面的那条河是一条冰川河，以前山巅之上都是厚厚的冰层，一年四季，那河水也一直在流淌。嘉洛说，山上的冰川是从1994年之后迅速消失的，到2000年时，已经什么也看不见了。自从山顶的冰川不见了之后，从山上流淌下来的这条小河也开始日渐干涸，这几年只有在雨季还在流淌、下午天热的时候，水流会大一些，早晨和上午，有时候也没有水。

那几天，偶有闲暇，我都会到那小河边漫无目的地游走。有时，我会把手伸到小河里去感受它的冰凉。当然，在把手伸进河水之前，我一定会留意手是否干净，以藏族习俗，如沾有不洁之物，手是不能直接接触流淌的水体的。这是一种古老的禁忌习俗，所有藏族都会遵守，堪称戒律。

与水有关的禁忌还有：不能将任何杂物和脏东西抛入泉水、河流和湖水；不能在河水中清洗脏东西，包括衣物、脏手和脚，尤其是内裤和鞋袜；不能直接用嘴饮用天然水，如果口渴难耐又没有舀水的器物，可用双手捧水饮用；不能在天然水体附近大小便，更不能使粪便进入水体；不能用污言秽语亵渎水世界……否则，均被视为对神灵的不敬和冒犯，将受到最严厉的报应惩罚，对所有的惩罚后果也都有具体的描述。

如果禁忌是不可逾越的一个底线，那么，它还有一个相对应的习俗遵循系统，那就是敬水、惜水、呵护水源和水体。在佛堂敬献净水、

干涸的小湖

在桑烟上沾洒净水、用净水沾额头等等都是对水的崇敬。在我老家,以前还有一种与水有关的风俗,冬至这天要献冰,每年除夕,过了午夜,每家每户都会去挑一担水回来,叫"头水"。不是去附近的水源地,最好走远一点儿,最好是到一条溪水的源头。通常情况下,也都不会走那么远,但一定比平时取水的地方要远,可能会走到一条溪水靠上游的地方取水,就当那里是源头了。其时,溪水已经封冻,须破冰才能取到水,就会产生一些冰块。于是,除了水,顺便还会背一些冰块回来。

冰块会摆放到屋顶的一角,那是敬献给上天的,头水除了献于佛堂,还要选家中最好的器皿盛满了,置于高处供奉。初一早上一起来,家中的老人就会捧起盛水的器物端详。那时,天还没亮,借着灯光看过去,水已结冰,溢出器皿沿口,于是会看到冰块中颗粒状晶莹剔透的结晶,那结晶颗粒越密实越被视之为吉祥,是好兆头。老人就会乐呵呵地说:又是一个好年景啊!过一会儿,天亮了,太阳出来了,屋顶一角的冰块开始慢慢融化,融水渗下来,房土就湿了。看到那光景,老人又会乐呵呵地说:看都湿了那么多了,这一年会风调雨顺的……

这些习俗都与水源有关,对某个人而言,它所对应的水源地也不是抽象的,而是很具体,比如一眼山泉或者一条小溪,当然,也可能是一条真正的大河的源头。对我来说,这些习俗所对应的是村庄后面的那一眼山泉和两条溪流。山泉就在村庄附近,但即使走到它跟前了,也几乎听不到水流的声音。与山泉相比,溪水其实离得很远,它流淌在村庄后面那座大山两侧的峡谷里，但是，每天夜里，我都能听见它流淌的声音。

达森草原的这条小河，先是从迪嘎拉姆切吉的怀中涓涓而出。到了山下，穿过迪嘎盖那片平缓的草原之后，便汇入恩钦曲，从源头算起，总流长不会超过三公里。这无疑是一条很小的河流，是一条小溪水，比我老家山上的那两条溪水还小。但我要说的是，它的旅程并没有因为汇入了另一条河流而结束，而正是因为汇入了一条更大的河流，一段更加遥远壮阔的旅程才得以开启。所谓源远流长，说的就是从一滴水珠的诞生到一条大河千万里奔流不息的气势。

无论大小，每一条河流所要完成的不仅是属于自己的那一段流淌，更是用自己的流淌去完成一次又一次更加重要的汇合，最终，于天地间成就一次奔腾呼啸，继而大浪滔天，继而纵贯千古地波澜壮阔。正是有了千万条江河的这种百折不回和千回百转，最终也才有海纳百川的万千气象。世上所有伟大的河流无不如是。对一条河流而言，每一条源流、每一个源泉都是珍贵的，所汇入的每一粒水珠也是珍贵的。没有无数源流和无数水滴的汇入，就不会有一条条大河。

拉姆德钦家后面的那条小河因为汇入了恩钦曲，有了更久远的流淌。

恩钦曲是聂恰河的两大源流之一，聂恰河是长江源区干流通天河的一级支流，它的另一条源流是山那边的多彩河。而聂恰河源流恩钦曲、多彩河又有成千上万个源泉和源流，最主要的也有上千个。

嘉洛和欧沙在祭拜水源的地方

在当地牧人的心里，像拉姆德钦家后面的那条小河还算不上真正的源流或源泉。他们眼中的源流必须符合这样一个条件，它的源头一定得有一处或多处从地底下自然喷涌而出的源泉，而不是因冰雪融化直接在地表流淌的小河、小溪。嘉洛和欧沙带我去见识过这样的几个源泉，后来文扎也带我去看过几处。它们或在山脚河岸，或在半山腰，或在峭壁悬崖，一般会有一个和多个源泉。一股水流经过亿万年天然循环，终于找到一个宣泄喷涌的出口，因地层和岩石挤压形成的巨大压力，从那里喷射而出，像天然喷泉。以前，有些源泉喷射的水柱高达两米以上。

嘉洛他们曾对聂恰河的水源地做过一次详细的调查，最终确定，聂恰河源区共有1370多个这样的源泉。这才是聂恰河的源区，而聂恰河只是长江源区干流的一条支流。整个长江源区至少有上百条这样的支流，而整个三江源区至少还有上千条这样的支流。我曾实地造访过几乎所有重要的三江源支流，如果把这些源流所有的源泉串缀在一起，你就会看到一幅万泉汹涌的旷世景象。

而那每一个源泉都与我们每个人的生命息息相关。这样的源泉，在藏语中都被统称为"琼果阿妈"，译成汉语，其准确的含义就是"母亲泉"。也就是说，在藏族人眼中，不止三江源，世上所有真正的源泉自古都只有这样一个名字：母亲泉。他们把每一处源泉都视为自己的母亲，所以神圣，所以虔诚感恩，所以满怀敬畏。

2000年8月,我在长江南源当曲流域采访过一个老牧人——因为他早已过世,依藏族习俗,不便提他的名字,他一生都在细心呵护着一汪泉水。在一块并不大的石头上,他自己用藏文刻上了"琼果阿妈"几个字和几行祈祷文,立于泉眼之上。那是给母亲泉立的一个石碑,上面系着他献给泉水的哈达。那几行碑文的大意是,水的世界为万物赐予甘露,谨以此向它表示敬意并感恩。每次去泉水处,老人都会跪伏在地,叩拜,并为泉水和整个水世界祈祷。

可是,到2005年时,聂恰河源区有130多个源泉陆续干涸,不再出水。之后的几年里,又有一大批被藏族人唤作"琼果阿妈"的母亲泉干涸。

"好像大部分都干掉了。这都是这几年的事。"嘉洛站在恩钦曲左岸的一处悬崖下指着崖壁上水流的痕迹说,"这里以前也有一个源泉。水从悬崖上直接喷出来,而后在悬崖上形成了几道瀑布。瀑布上经常能看到一道道彩虹。"站在一旁的文扎插话道:"以前的达森草原到处都能看到彩虹瀑布,现在已经所剩无几了。"文扎在给我的微信留言中也曾提到过记忆中的那些瀑布。

嘉洛家的冬季草场在达森东部森隆荣——一条以狮子和大象命名的山谷口。他家门前也有一条与山谷同名的小河,河边也有一处源泉,冬天不结冰。整个冬天,他们一家人就靠这泉水生活。可是2016年5月之后,这眼泉水也突然干掉了。嘉洛不会忘记它干涸的时间,因为,他父亲也是当年5月去世的。他觉得，父亲的离世与这泉水的突然干涸有某种联系，就请了一些高僧在泉眼处念经，还用石头在那里修建了一个供奉水神"勒"的小塔，塔底下埋了"苯巴"宝瓶。嘉洛说，小塔本身可能起不到那么大的作用，但泉边有了这样一个标志，人们就会注意自己的行为，不会随意糟蹋水源。修建小塔时，他还带人把水源周边河道和草原上的垃圾也进行了一次彻底的清理，让草原和河道变干净了。

他觉得，保护水源地是一项系统的工程，不仅要考虑到人们的文化心理，还要做很多具体可行的事，比如捡拾垃圾、保护草原植被。他没想到的是，没过多久，泉眼里又开始出水了，水量也大了，附近的草也长得比以前好了。嘉洛说，他们的保护还是有作用的。受到这件事的鼓励，随后他们又在六七处重要的水源地开展了这样一项行动，有十几处已经干掉的水源地又开始出水了。从2010年开始，嘉洛和一群自发组织起来的牧人志愿者一直坚持捡拾水源地和河道里的垃圾，捡拾的垃圾可装满200辆大卡车——嘉洛说，至少能装满200辆卡车。

他想把这样一项保护行动长期坚持下去，使更多的水源地得到有效保护。我问嘉洛，在水源地建一个这样的小塔能花多少钱？他回答，大概500元就够了。离开治多之前，我用微信给嘉洛打了500元，并留言，选一个水源地建一个小塔，算是一点儿心意。

其实，我并不大相信建造一个小石塔就能使一处水源地得到保护，因为小塔本身并不能涵养水源，也不能起到净化环境的作用。要不，我们就没必要举全国之力来保护三江源了，只需在三江源建造一座巨大的石塔就可大功告成，塔名都是现成的，就叫"中华水塔"或"亚洲水塔"。如果建一座不行，建他个几百上千座石塔，也花不了多少钱，至少会省出一大笔投资。但是，如果考虑到它在民族文化心理层面的暗示象征意义，那就不一定了，至少在当地民众看来是这样。如果他们走到一个地方，看到了这样一个小石塔，也看到水神"勒"的标志，所有的人都会明白这是一个重要的水源地，并受水神的护佑，就会小心呵护，而不会随意糟践。别说是破坏和污染，就连不恭敬的话也不会说出口。于是，保护不再是一句空话，而是变成了全民自觉的行动和日常行为，继而会演变成一种习俗和风尚。如是，则可视为大善，功德无量。

30年前，我曾写过一篇小散文，全文不足千字，标题只有一个字：《源》。发表在1992年2月号的《民族文学》上，上面的署名是野鹰，那是我的另一个笔名。这是此生我对三江源的第一次深情书写，现在，全文抄录如下：

油灯飘摇成不朽的相思。

眸子温柔如宁静的港湾。

留下了一片思念，走向高原时才知道带上的也是一片思念。

站在唐古拉、巴颜喀拉的白头上，俯视脚下的苍茫大地。心想，悠悠岁月就是那一支自天地相接处款款飘来的古歌吗？

天空里有一只鹰在高高地飞，它似乎在苍天之下成为一种启示，一种思考。那是生命永恒的风景，还是苦难人生的诠释？

那时，江河正从你脚下的土地上一点一滴、涓涓潺潺地涌出，慢慢地汇聚成一泓碧水、一条小溪，又慢慢地汇聚着另一泓碧水、另一条小溪。慢慢地留下一片湖泊，一汪清泉，成为一条大江，一条大河。披着阳光，披着风雨，从草地，从雪原，从森林，从十万大山之间，奔腾着，咆哮着，向远方奔流而去。茫茫苍苍，宛如这块高大陆的面颊上滚落的行行清泪，又仿佛她高傲的头颅上披散的长发。

哦，让那只鹰伴随我吧。

让那支古歌伴随我吧。

我唯一的愿望是也变作一粒水珠，随那洪流一同奔向远方，去追寻它一路失落的梦，去聆听它千万年吟唱不已的歌，便觉着自己的生命也像一条河，也从那里发源，也从那里开始人生的旅程。其实，源于斯者，又何止是我的生命，站在那源头之上，就有一种站在万物之源的感觉。

那是个美丽的黄昏。我看见一个藏女穿着拖地的袍子，披着长发，弓着身背一桶源头之水，缓缓走向一座山岗，脚边跟着一条牧犬。当她站在那山岗上时，夕阳最后的一抹余晖从她身上辉煌地泻落了。

远远望去，那整座山岗内在的全部力量好像都凝聚到了她的背上。那硕大的木桶就在她背上高高耸立，直抵苍穹，好像整个天空都靠她支撑着。离她不远处，一顶牛毛帐篷里已飘着炊烟，她背了那水回去后，就会用它烧成饭，烧成奶茶。然后，那水就会变成血液，变成生命之源。

我看着她站在那山岗上，和天地连为一体，阳光自她身上泻落，江河自她脚下流出，便觉得我好像不是在看一个普通的背水藏女，而是在捧读一页真实的神话。她站在那里，好像万物的中心，她背上那个硕大的木桶里满载着的源头之水好像万物之源，天地、岁月、光明、江河，好像都从那桶里开始，而我好像是从那桶里不慎滴落的一粒水珠。

闭目遐想，仿佛已步入幻境。冥冥之中，我已置身我之外，看着我自己。看着我自己时，真好像看着一粒水珠。只见它渺小的身躯晶莹剔透，映着天地日月，映着宇宙万物，映着那女人背上高耸的木桶。

文扎·源文化之问

总体上来说，无论文扎、扎多还是我，这几十年的探寻和跋涉都离不开一个"源"字，都围着长江、黄河、澜沧江的源区在转圈圈，一圈一圈地走，大圈套小圈。不过，大多是分开行动的，偶尔才会有机缘同行。

为了同行，此前我与文扎兄也曾有过多次约定。譬如，一起去寻源，一起去穿越澜沧江源区大峡谷，一起去穿越长江源区干流通天河谷。甚至还详细讨论过从什么地方开始，沿途经停哪里，最终抵达何处……想来，都离不开一个"源"字，也离不开"缘"。可是，除了达森之行，我跟文扎只去过一次长江南源，只去过一次索加，也是在8月。

那是18年之前的事，同行的除了文扎，还有扎西和我的四位年轻同事。那次索加之行，原本约好同行的还有扎多。他曾在索加长大，索南达杰之后还当过索加乡的书记，他离任后，文扎又成了继任者。扎多、文扎和扎西都留着胡子，扎多说，他们是治多的三个大胡子，加上我，就是四个大胡子了。其实，只有文扎是大胡子，而且一直没有变过，扎多和扎西顶多也算是个小胡子了，扎多的胡子虽然也小有规模，但是一直在修剪，而扎西一直只留八字胡。我呢，有一段时间也是大胡子，很多时候也只是小胡子，我不记得那个时候自己是什么样子，但他们三位的模样我却记得很清楚。

行期已经确定。我和我的同事先到玉树州上参加"三江源自然保护区成立暨揭碑仪式"，而后往治多与他们会合。可是，在我抵达治

好友文扎在故乡达森草原

多之前,扎多突然带话给我,他临时有事要去内地参加一个重要活动,不能陪我前往。末了,安慰我说,一点儿也不用担心,虽然他去不了,但还有两位大胡子陪着我。

那时,我与文扎相识已经有好几年了,第一次见面是在我家里,当时,我还住在青海日报社的家属院里。我已不大记得见面时的情景,只记得文扎和扎多是一起来的,但是,很多年之后,扎多和文扎都还不断提起我们第一次见面的情景。扎多说,离开我家之后,文扎曾给他说过一句话,说我与他们是一类人,心也一样。因而感动,因而未敢忘怀,因而视之为知己,从不敢怠慢。这就是缘分。

与扎西却是第一次见面,当时他已经是县民族中学的校长,此后不久,升任县教育局局长,至今因公务繁忙,聚少离多。虽然此后偶尔也会见面,但是难得再有一起去看雪山草原的机会。其实,他和扎多一样,在西宁也跟我住一个小区,有一次在小区门口碰见,约好了第三天要一起坐坐的,可那一天我因别的事,未能践约。一晃,又是一两年没见了。倒是经常能听到他的消息,也知道,他安好。见与不见,念想都在。于是,心安。

那次索加之行,让我加深了对文扎的认识。我在后来出版的《谁为人类忏悔》一书中写到过这段经历,可谓详尽,甚至这部书作家版的封面图片也是文扎在傍晚湖畔双手合十打坐的图像。书中写到了一段难走的山路,摘录如下:

2000年8月24日上午11点左右,我们从牙曲河边出发往君曲草原。虽然雪已经融化,但路上很滑。从雅曲到君曲不到40公里的路程,我们整整走了26个小时。在过那片沼泽地和乌给拉美山口时,我们几乎是在抬着车前行,有时候往前走的路还没有往后退的多。直到夜里11点多时,我们还在乌给拉美的那个山洼里推着那吉普车。它好像再也不肯往前了,任凭我们怎么折腾,它都纹丝不动。我们终于耗尽了最后一点儿体力,不得不放弃继续往前的努力。这时黑夜已经笼罩了四周的山野,如果没有车灯的那一束亮光,我们就已经什么也看不见了,就坐到车上等待天明。那里的海拔估计已超过4500米,坐在车上时,缺氧引起的胸闷头痛令人难以忍受。我们吃了些饼干,喝了些矿泉水,就开始漫无边际地聊着天。我们不敢睡着,也不敢把车窗关得太严,在这种地方,那是很危险的。看着漆黑的夜色,等待天明是一种很痛苦的事。那一成不变的黑暗总是压迫着你的神经。在漆黑的夜里一个人的存在什么都不是,他只是一片夜色。那时你会感觉,你并没有真像一个人一样地存在着,而是在四处弥漫,灵魂、思想以及肉体都随那夜色飘荡。目光所及之处只有黑暗,而那黑暗中就是你的存在。夜色好像在一点点下沉,一点点地往山谷里沉淀。可能天就要亮了,这时我们却再也支撑不住了,我们终于睡着了。只过了半个小时,天色就已大亮。文扎和扎西已在车前忙乎。我们用最后的一点儿力气,从那山坡上抬了很多石头垫在车轮之下,又折腾了一个多小时,车终于爬出了那一片泥沼。文扎就开始诵读他的经文,每天早上,他都要诵读半个小时的经文,无论处在什么样的环境和条件下都是雷打不动的。接下来的路比前面要好走一些,到中午时,我们就已经在君曲河边了……

而这只是索加之行的一个片段。此次索加之行前后历时半月,我们走遍了整个长江南源当曲河流域的山山水水。文扎一直陪伴左右,除了开车、当向导和做翻译,还操心我们的吃住和行程。不仅当时,直到后来很久以后,每次想起这段经历,我都作如是想——如果能有幸与一个人共处这样一段时光,那一定是奇缘,无比珍贵,值得你用一生的时间来加以珍惜!而假如,这个人还不是别人,是文扎这样一个人,那么,这段经历就足以启示人生了。

在那本书里,我还写到了这样的经历,也只是一个片段,摘抄如下:

9月1日,向巴群培为我们组织的马队浩浩荡荡地出发了。这是一支堪称壮观的队伍,总共有17匹马,14个人。

队伍分成两路前往烟瘴挂，一路由莫曲草原的6名壮汉和9匹马组成，其中的3匹马上驮着宿营的帐篷、烧茶取暖的炉子和锅碗以及干粮，他们要抄近道提前赶到预定的目的地，扎好帐篷，烧好奶茶，等待我们抵达。我们这一路由向巴群培和另一位牧民引领，八人八马，只带了一些摄影器材轻装上路。我们要绕道通天河谷地的那些沙梁考察沙化的草场之后才到烟瘴挂。

一出发，我和同事们便暴露出我们在马背上的笨拙和滑稽，虽然我和我的另两位同事都是藏民族这个草原马背民族的后裔，但是很显然，我们已经远离草原太久。马背对于我们已经不是摇篮和歌谣，我们对马背的陌生无异于草原骏马对城市街道的斑马线。一跨上马鞍，那些驰骋草原的精灵便表现出极大的不情愿，它们用极其无礼粗暴的动作表达着它们对我们的不满和挑剔。但我们依然很兴奋，我们甚至没有顾及它们的感受，我们用更加粗暴的动作向它们施加压力，并让它们尽快地感受到我们凌驾于它们之上的绝对能力和想依附它们的力量纵横驰骋的贪婪欲望。但是，我们还是注意到了向巴群培和另一位牧人在马背上的样子，那一份悠然从容和飘逸洒脱中透着和胯下骏马浑然天成的高贵与俊秀。

马队离开才仁谷一路向西，出了谷口，便进入了那片连绵起伏的沙丘地带。站在那谷口上望去，苍茫江源的旷野就在眼前无边无际地铺展开来。原本牧草悠悠的情景已无从寻觅，有的只是沙丘、沙梁、沙带和肆虐开来的沙原。骑马走在那已严重沙漠化的草原上，马常失前蹄，向巴群培们就不忍心继续骑在马背上让它受罪——而我们更多的是担心自己会在马失前蹄的一瞬间栽下马来，就牵着马走在那沙地上，双脚不时地踩空，陷进沙子里面，难以自拔。那一带上千平方公里的莽原已了无生机，举目所及处一派凄凉和死寂，一路走来连一只鸟也没有见着。翻越了两三道沙梁之后，立马江源南岸环顾四周时，我们已处在滚滚沙丘的包围中了，尤其大江北岸那波浪起伏的黄色沙浪大有侵吞一切的架势。

正午时分，我们终于走进通天河谷地，平坦的河谷滩地上，一道道沙梁之间还残存着一片片水草地。我们在一片水草地上停下来歇息，吃午饭，也让马儿们在那里啃些水草。这时，有一匹狼正走在南面不远处的一道山梁上。我们为之欢欣鼓舞。现在就连这种昔日草原上随处可见的动物也难得一见。它正缓缓走向山顶，看样子它好像十分疲惫。不知道，它要走向何方，可以感觉得到它对自己的前途也很茫然。狼在有目的地走向一个地方时会显得很精神，速度也要快些。而它却一直埋头孑然蹒跚，一副心不在焉心情沉重的样子。我一直目送它消失在视野的尽头,我以为它在走出我的视野之前会回过头来看我一眼,但是没有。在翻过那道山梁时,我感觉它好像停顿了一下,长长地叹了口气,然后就不见了。

我们在马背上颠簸了约5个小时,烟瘴挂才出现在远方,又经过一个多小时的艰难跋涉,约下午6点30分终于抵达位于高山深谷间的目的地。那是一个十分狭长而幽深的山谷,我们的马队走在那空谷之内时,就像一个古老的马帮。两面的山岩之上,不时有鹰在盘旋。进入山谷,除了巉岩峭壁和头顶那一条弯弯曲曲的天空,就什么也看不见了。谷口一带两面的山岩属花岗岩,那是一块块直插云霄的巨石,岩石表面光滑平整,阳光照在上面折射出阴森森的光亮。那便是雪豹城堡的大门了。说不定那些峭壁悬岩之上正有望风的雪豹窥探着我们的动向,然后通报给城堡里面的雪豹们。再往里走,山谷时而狭窄难行时而豁然开阔,两面的山岩巨石也变为花白色簇状丛生的凹凸峰峦,看上去就像一只只俯仰蹲卧的雪豹。

我们的营地就设在一片相对开阔的滩地上。那里三面环绕着高峻的石山,山下有潺潺流水,流水之畔一片丰美的绿草地上芳草萋萋,野花飘香。那草地上就是我们已经炊烟袅

通天河大拐弯

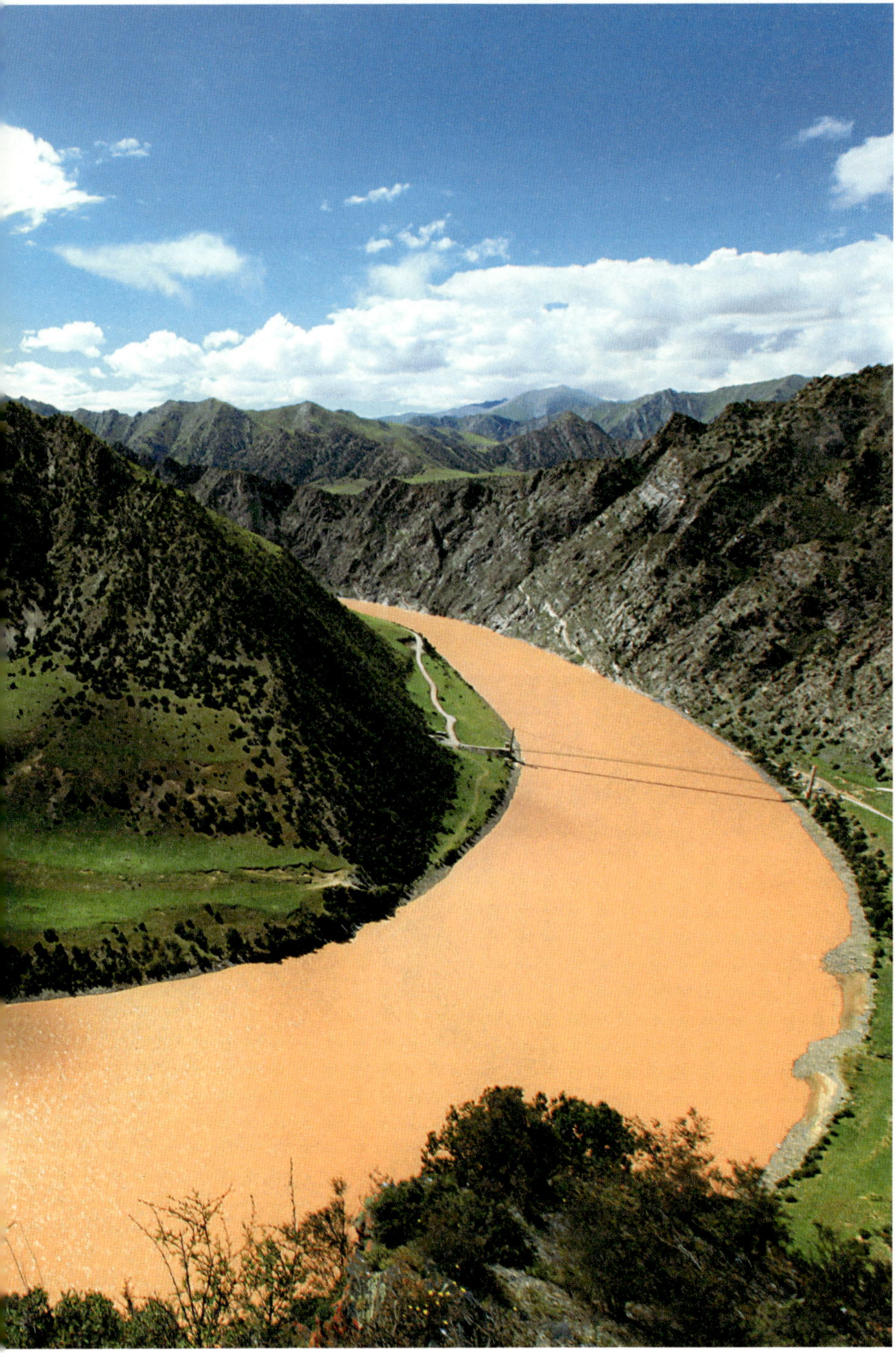

袤的白帐篷。云雾缭绕之中，山上的花白色峰峦如莲花朵朵含苞待放。下得马来，卸下马鞍，看着马儿走向飘香的绿草地时，便有一种放马南山的悠然和逍遥在心胸之内回荡。刚刚进到帐篷里面，端起一碗滚烫的奶茶要喝时，外面就已经是细雨蒙蒙了。一路上都很少说话的文扎受了这一派人间仙境的感染来了兴致，说道："是山神在给我们洗尘呢。"不一会儿，又有人在帐外惊呼："彩虹！彩虹！看彩虹啦。"拿起相机闪出帐篷站定时，眼前的景色已让人飘飘欲仙了。只见

达森的石山

帐前正对着的那座花白石山尖尖的峰顶之上,有两道绚丽的彩虹相叠着端端照定了那整座山峰。文扎一边忙着拍照,一边又在不停地念叨了:"好兆头啊!这是山神在向我们敬献哈达呢!"这是何等地礼遇和恩赐。人们的情绪一下子异常高涨,一天的劳顿疲惫就在那一瞬间里随清风而去,仿佛接下来山神就会引领着一群群雪豹列队出现在我们眼前,给我们捧上美酒,唱起吉祥的祝酒歌。

但是,雪豹始终没有出现。

我们在那山谷里待了整整一昼夜,爬过山,进过山洞,但始终没有看到雪豹。据先期抵达为我们安营扎寨的那些牧人们讲,他们在快走进山谷时曾远远地望见过一只雪豹,而我们只望见过一匹狼。我无法想象那只雪豹的样子,说不定它正是在山岩巨石之上望风的那只雪豹。那天傍晚,我们艰难地爬上那个山坡,手持蜡烛,战战兢兢地爬进那个山洞时真有点儿与雪豹们撞个满怀的感觉。那洞口结挂着许多的冰锥,进到第一个洞府时,发现那洞府很宽敞,洞顶正中从上面伸下来一根粗大的千年冰舌,黑暗中用它的晶莹照耀着那个洞府。如果有足够的光线,那洞府里面肯定会蓬荜生辉。那山洞很深,共有六个洞府串连在一起,从一个洞府进到另一个洞府时只有一条一个人能够紧贴着洞壁爬过去的窄缝。

第一天因为天色太晚,我们只进到第二个洞口就出来了。第二天,我们接着往里进。走在最前面的几个人有进到第六个洞府的,我只进到第三个洞口就借着打火机的火光爬出了那山洞。洞中有许多动物的粪便和残骸,一股难闻的气味令人窒息,加上空气稀薄缺氧,呼吸都有点儿困难。从那洞中爬出来之后,呼吸着新鲜空气时,我心想,那洞中或许就曾出没过成群的雪豹呢。

雪豹是一种喜欢在夜间活动的猫科动物,生性顽皮凶猛。次日早上醒来,发现山巅之上有一群鹰在盘旋,牧人朋友们便肯定地说,昨夜有雪豹捕获过石羊,在那山岩之上留下了血腥的东西,否则,那些鹰就不会翔集盘旋了。那天在山谷里攀缘时,有几个人说是看到了雪豹的足迹。但是,直到第二天下午,我们也没见到一只雪豹。不过,从牧人们分析的各种迹象看,那地方肯定是有雪豹存在的,而且数量还不少。从前一年开始,莫曲有牧人就在这一带先后累计看到过不少于50只雪豹。还有,整个烟瘴挂一带的草场没有退化的迹象,沿途我们没看到一个老鼠的洞穴。据说,这是雪豹这种猫科动物在此出没的缘故。他们说,我们这样来看雪豹是看不到的,这么多人和马匹,还烧茶做饭,目标太大了。雪豹在暗处,我们在明处,要是它不想让我们发现,即使再等上十天半月也未必能见着。

那山洞在一个悬崖峭壁之侧,那悬崖峭壁之下有河奔流如瀑。在流水飞溅处的一些巨石之上,先民们刻下的经文依然苍劲飘逸着。从笔法和其他一些特征考证,这些经文雕刻的年代至少在几百年之上,几百年之前难道有谁曾与这些雪豹们为邻吗?据说,百年前,曾有隐士居于那山洞之中,他是否也曾眼见了成群的雪豹在山岩峭壁之上嬉戏玩闹?而今那些先民和隐士的踪影已无从问寻,只有那些巨石之上的经文犹在,留于流水吟诵不已。那些经文大都也是以各种字体雕刻而成的六字真言:唵嘛呢叭咪吽。那么它们是否就是吟诵给那些雪豹们听的?如是,那些雪豹们是否也已了悟到一些生命的真谛了呢?我不知道。我不可能知道。

在离开烟瘴挂时,我在采访本上写下了这样一句话:"其实,只要我们能确定雪豹的存在,而且很安全地存在着,就已经足够了。"人们看不到它或不容易看到它,从某种意义上说,是件值得庆幸的事。如果人们很容易就能看到它,就能找到它的栖身之地,那么,它消失的日子也就不远了。这种例子,在当今世界俯拾即是。后来,我们终于在一户牧人家里见到了一张雪豹皮和一具完整的骨架,那是当地牧人去年从一个盗猎者那里没收的赃物。看来,盗猎者正向这里走来。

从烟瘴挂回到才仁谷，回望我们那支浩浩荡荡的马队两天来走过的路，回望烟瘴挂时，我便感觉有一只雪豹正在那路的尽头，望着我们远去的背影窃笑。

这是我与文扎的索加之行。

对我而言，这是一次远行，而对文扎来说，这只是一段旅程，甚至可以说是一段回家的旅程。无论是走向雪山草原还是江源冰川，他都像是在回家。已经很多年了，他一直行进在这条回家的路上。

就那样一路跋涉而去时，他其实就在找寻一个源头。这个"源"，也不止是水流开始的地方，也是心灵苦苦寻觅的一个方向。那里有祖先的回忆，也有子孙的魂魄。

他在《行者之咒》一文中写道："去吧！去吧！到彼岸去吧！到正确的彼岸去吧！到通达无碍的觉悟彼岸去吧！"这是他对《般若波罗蜜多心经》上几句咒语的理解，也是他对自己所探寻方向的一种辨识和确认。玄奘对那几句咒语的汉译是：揭谛，揭谛，般若揭谛，般若僧揭谛，菩提僧娑诃！

如是。是源，也是缘。

"源文化"是文扎提出来的一个概念。

有很多次，我都曾想就这个话题，与文扎兄进行一次深入的交谈或对话，可一直未能如愿。

2007年夏天，应邀参加在治多举行的第三届全国嘎·嘉洛暨"源文化"研讨会，听了文扎在研讨会上的"源文化"的主题发言，才对其有了一个粗浅的认识和大致的印象。研讨会由著名藏学家诺布旺丹博士主持，来自中国社会科学院的研究员党圣元先生从哲学层面阐述了他对"源文化"的认识，地质学家杨勇先生结合自己的实地调查、从地理学的角度与大家分享了他对"源文化"的深入思考，著名作家马丽华也不顾严重缺氧反应上台做了简短而精彩的发言。

正如党圣元先生所言，源，水流开始的地方。在哲学意义上，以

源——琼果

初始和本源的伦理指向启示于自然万物以及生命。

概括地讲，在我看来，文扎兄有关"源文化"的阐释有这样几层意思：

第一次意思，源本身的含义，源在藏语里叫"琼果"，也译为"源泉"（前面已经写到过，一般说到"琼果"时都会加上"阿妈"，说成"琼果阿妈"，是"母亲泉"的意思）。是诞生，是原点。

第二层意思，因为亚洲大陆众多重要河流均源于青藏高原，整个青藏高原就是一个琼果，就是一个源。于地球万物，这是一座宝塔，是一座坛城，一株曼陀罗。

第三层意思，因为水是滋养自然万物的生命之源，无比珍贵，所以所有江河的源头也都无比神圣，理应满怀敬畏。而青藏高原是无数源头的诞生地，整个地球，再也找不到第二个这样的地方，神圣庄严，至高无上，更当满怀敬畏。

第四层意思，因为世代栖居于斯的藏民族信奉众生平等，文化基因中原本就包涵了对源（琼果）的尊崇和敬仰，并行祭拜之礼，使其成为民族生活习俗和精神信仰的重要组成部分。是伦理体系和价值观念的基础。

此次达森之行，与文扎得以朝夕相处，有好几次也是谈到过他的"源文化"的，可每次也只是浅尝辄止。最后，文扎只好答应说，他会梳理一下"源文化"的来龙去脉，专门整理出一篇文字给我，但是，直到我写这些文字时，他也不曾给我。前些日，他女儿大婚，我曾答应他女儿要去参加婚礼，可终因身体原因而食言，未能前往。给文扎发微信致歉，文扎回复时还提到，忙完女儿的婚礼，就把答应给我的文字发过来。想来，一定是又被什么事给耽搁了。

我就找出文扎的两本书《寻根长江源》和《生命大江源》，在里面搜寻有关"源文化"的蛛丝马迹。前一本书是2008年西安地图出版社出版的，后一本书2015年由青海民族出版社出版。记得，我还有几本他的书，不知放在哪一摞书里了，找半天也没有找到——我的很多藏书是直接堆在地板上的，过几年才会下决心整理一次，一本书要是放在里面，得费点儿力气才能找得到。但这两本书都摆在最上面，一眼就看到了，而且，我发现书架上也有一本《寻根长江源》，上面还有文扎的藏文签名和赠言。我就再次翻开这两本书，认真阅读，算是与他的一次长谈抑或一次小心地询问吧。

文扎的文字总是满含慈悲，激情澎湃。

他写冰川，说冰川是冈加却巴——献给众生的冰林，是生命之源不灭的胎记——我想告诉你的是，实际上，"却巴"一词还不完全是"冰林"的意思，藏族通常只把敬献于佛前的净水称之为"却巴"。

他写江河——"雪是大江大河的源头……一个民族与江河同源于雪山，而且他们血脉里流动的是源自雪山的江河，因而对雪山的无限崇敬胜过世界上任何一个民族"……

他写雪山——"几千年来整个民族每天面对着那高耸入云、形态各异、滋养生灵的雪山，他们明白那雪是生养他们的母亲，同时山也是守护他们的战神（父亲）。"所以，江河称之为"藏布"，族群称之为"藏人"。

他写青藏高原——"青藏高原隆起之后，它的边缘有一条雪线环绕起了整个高原。其中南部边缘是东西延伸2400公里的喜马拉雅山脉，绵延在中国、印度、尼泊尔、不丹之间；环列青藏高原北缘的昆仑山，西起帕米尔高原，向东一直延伸到黄海之滨；东部边缘是南北走向的横断山脉。这便是雪山环绕的家园"——这是我第一次看到，有人这样描述青藏高原，也是第一次看到有人说，昆仑山"向东一直延伸到黄海之滨"。文扎眼中所看到的世界与我们通常所认识的世界是不大一样的。

坦率地讲，阅读这样的文字，你要读进去，某种意义上，须得具备与写作者一样纯净圣洁的文化心理，并试着去自觉接受他心灵的感召，进而相信他由衷地礼赞是其心灵的自然流露，而非故作姿态。

2017年8月——又是8月，我与8月的治多有缘，治多不仅举办了第三届嘎·嘉洛暨"源文化"研讨会（文扎称之为"论坛"），还在县城西面不远处的金鱼湖边举行了盛大的祭湖仪式。贡萨寺和附近一些寺院的数百名僧人、来自玉树各地的数十位格萨尔艺人是这次大典仪式的主角。僧人围坐山头源泉小湖边诵经，为众生祈福；格萨尔艺人轮番上阵说唱《格萨尔史诗》中与自然万物恩典有关的章节,为世界祈祷;盛装的民众环绕山岗肃立,默默祝福……之后,僧人起身走下山岗,走向金鱼湖,念诵着经文沿顺时针方向绕圈缓步行进,其余紧随其后,鱼贯而行……这是对"源"的感念和祭拜。

除了当地僧俗,一群来自全国各地的文化学者、作家和诗人也参加了当天的祭湖盛典,其中包括"源文化"丛书已确定的各位撰稿人。从现场的反应来看,他们被深深地震撼了。我看到诗人于坚自始至终一直在用手机视频记录活动现场,包括僧人诵经和格萨尔艺人说唱的画面也没有丝毫遗漏。很多天以后,我在微信上看到过他录制的格萨尔艺人说唱画面。没有对白和字幕,有的只是没完没了的轮番说唱和简单重复的旋律或节奏。想来,他是一个字都听不明白的,但是可以肯定,他被感动了——莫名其妙地感动了。

与想象中的形象一样,于坚很胖,而且有一颗硕大的头颅,还剃着光头。于是,涌动的人流中总能看到他的所在。三十多年前,我曾系统阅读他早期的诗歌作品,并写过一篇评论。评论不知去向,但我还保存着那一摞诗稿,那是他昆明一中的同学复印给我的。后来也买过他好几本书,除了诗集还有随笔。这也算得上是缘分了。

如果不是在那么高寒的地方,而是在低海拔地区,我一定会就他的诗歌创作与他有一些交流。可是那里缺氧,即使你感觉不太明显,缺氧带来的生理反应也无处不在。也许正是因为缺氧带来的高原反应,我总也提不起兴趣找他谈论诗歌，离开之后，又有些遗憾，毕竟他是当代中国最优秀的诗人之一。也许，不全是因为缺氧，还因为与那庄严神圣的祭湖盛典相比，诗歌则显得不那么紧要了。那是人类对大自然虔诚的感恩和祭拜，是对自然万物由衷的礼赞。那盛典本身就是一部宏阔的史诗，是挽歌，庄严神圣。

而文扎是这些文化活动的倡导者、组织者和推动者。据说，这种祭拜仪式在当地自古有之，间或也曾一度消弭，但民众心里的祭拜从未间断，是民族文化心理的神圣纽带，对促进人与自然的持久和谐发挥过巨大作用，影响深远。当今世界，人与自然关系日益趋紧，山河沉沦，藏地有关山水的文化礼俗显得尤为珍贵，大力弘扬之，则有助于人与自然的和谐共荣，有助于整个世界的吉祥安宁。

说到底，人与自然万物的繁衍生息都离不开水，而水都有源头。无论是地下世界还是地表之上，每一滴水都不是无源之物，都有来处，都有源头。大而言之，它就像生命的血液循环，是天地万物的一个循环，大气环流、洋流、云雾、湿气、雨雪以及江河湖海都是这个大循环的产物。小而言之，具体到某地某处的一条河溪山泉，它就像人体的一条毛细血管，是一个庞大系统的小分叉。

老子所谓上善若水，厚德载物，说的就是这个道理，就是"道"。善待每一滴水其实就是善待我们自己的生命，而上善至善在于源，善待之要也在于源。我想，这也许就是"源文化"的真谛所在，所以，文扎才苦苦探寻，才孜孜以求，功德在于山河安宁，在于万物生灵的自在吉祥。

文扎也写到过老子，写到过"道"。这是我在文扎的文字中所读到的最精彩的篇章之一，就书写眼界而言，堪称千古美文：

"去吧！老子的心中早就感应到这样的声音。站在人类智慧巅峰的伟人们，尽管他们现实的空间相隔千山万水，但是他们的心灵之间没有距离。老子并没有急于听从这神秘咒语的驱使，他似乎毫无挂念地等待着什么。他仿佛站在宇宙之外，静静地审视着日月轮回，四季流转，改朝换代。他洞彻宇宙的规律，人间的兴衰。任何事情都不急于求成，不必刻意地创造或毁灭什么，就像生下来不必刻意地寻求死亡，从生到死是一个永恒不变的规律。他劝导那些为治理国家而焦头烂额的国君们，不要白费功夫，而要'无为而治'。他洞明一个朝代的衰亡和另一个朝代的兴起，放在宇宙大道中看，就像那一波三折的海浪一样正常。他也开导孔子，不必为恢复'周礼'而耗费生命。但是他发现没有人能听得懂他所提出的'道'，就像给一位天生的盲人指明前方的道路一样无济于事。他感到有些疲惫，感到如宇宙黑洞般孤独。那神秘咒语又发出号令：去吧！去吧！他西望古道，看到千古旅人从时间的地平线上渐渐消失的背影。于是，他倒骑着青牛向西走去，出了函谷关。"

青牛前行，而老子后退。他一直望着的前方是自己已经走过的路，而所要抵达的方向却在自己的身后。如是。他不用回头，也没有背影。如有背影，也只会留于未来。

为此，很久以后，鲁迅先生说："窗外起了一阵风，刮起黄尘来，遮得半天暗。"

又过了很久——其实，也没那么久，余秋雨先生又补充道："老子会怎么样？很让人担忧了。"

不久，文扎也补了一句："他们并没有懂得老子心中那神秘咒语的真谛。"

文扎似乎知道。当初老子听到的那句咒语是另一个人说的。也似乎感觉到，这句咒语一出口，远隔千山万水之外的老子就已经听到了⋯⋯

也许正是出于这样的精神自觉，他才苦苦寻觅，苦苦追索。"源"在此岸，亦在彼岸。"缘"，也是。纵有红尘万丈，也难舍追寻。

"去吧！去吧！到彼岸去吧！到正确的彼岸去吧！到通达无碍的觉悟彼岸去吧！"其实，文扎不只是在呼唤，更是在召唤自己的灵魂。

邻居・牧人

66岁的饶却一家就住在拉姆德钦家前面不远的地方，步行，大约20分钟就能走到。如果不是中间隔了一条小河，那个地方又比拉姆德钦家的地势低一些，从她家门前就能看到饶却家的帐篷。但是欧沙坚持要开车去，他说，闲着也是闲着，干吗不用呢？所以，几分钟之后，我们也就在饶却家的帐篷里了。

跟很多人家夏季牧场上的帐篷一样，饶却家也住在长方形的新式帐篷里，而不是以前那种黑牛毛帐篷。这是政府改善牧民居住条件的一个配套项目，是专门为牧民在夏季牧场居住设计推广的，上面还印着"青海牧区游牧民新帐篷"的字样。与传统的牛毛帐篷相比，它更加宽敞，内部结构也更像是一间房子，四面皆可摆放家具和床铺，中间安放炉灶和饭桌茶几等，显得整洁。又因为隔层加了保温材料，密封好，里面比以前的牛毛帐篷热多了。帐篷的两面还有窗户，采光性能也比牛毛帐篷好。窗户上还有可伸卷的帘子，晚上睡觉时，可放下帘子。这种帐篷还有一个门厅，门庭是一个独立的空间，两侧都有门可进出帐篷。门厅也有帘子，这样，即使帐篷门帘敞开着，风雨也不会进去了。

当然，住在这样的帐篷里，深夜睁开眼睛时，你也看不到星空了。这是文扎、扎多、嘉洛和欧沙他们对黑牛毛帐篷的唯一留恋。多少个夜晚，躺在帐篷里睡不着时，他们就睁着眼睛看从牛毛帐篷的缝隙里洒落的星光，使用时间越长的牛毛帐篷，洒落的星光也越多。除非开着天窗，否则，从帐篷里面其实也无法看到真正的星空，他们所看到的只是从帐篷顶上透进来的星光。帐篷好像是缩小了的夜空，那些透过牛毛的缝隙照进来的细碎的光亮，就是一颗颗变小了的星星。这是留在每一个草原孩子心里最美的童话。

而现在，除了一些专门的旅游接待点，传统的黑牛毛帐篷已经看不见了，转场夏季牧场的牧人都住在新式的保温帐篷里了。客观地讲，除了从里面看不到星光之外，这种新式帐篷任何方面的性能都比牛毛帐篷好，尤其是保暖效果。

饶却家帐篷炉子的牛粪火很旺，进到里面坐下来，没几分钟，我们都热得出汗了。欧沙说，我们还是坐到外面去吧？外面凉快。

饶却是一个想一直住在草原上不愿住到城里去的老人，这样的老人在今天的草原上也已经不多见了。饶却有5个儿子、3个女儿，8个儿女都已成家，有了自己的孩子，分成8户。令饶却老人感到自豪的是，除一个孩子已经住到县城之外，其余7个孩子还都住在迪嘎盖草原上。其中5个孩子至今都与他老两口生活在一起，至少转场到夏季牧场以后是这样。尽管他们各自都有自己的小家庭，也都有各自的帐篷，但因为帐篷都离得很近，最远的也不超过50米，牲畜也从来没有分开过。这不仅是因为都还住在一个地方，还因为各家都已经没了羊群，牦牛的数量也大不如从前了，加起来也就100多头，一起放牧也方便，一个人就可以。如果分开放牧，每家也就一二十头牦牛，却需

夕阳

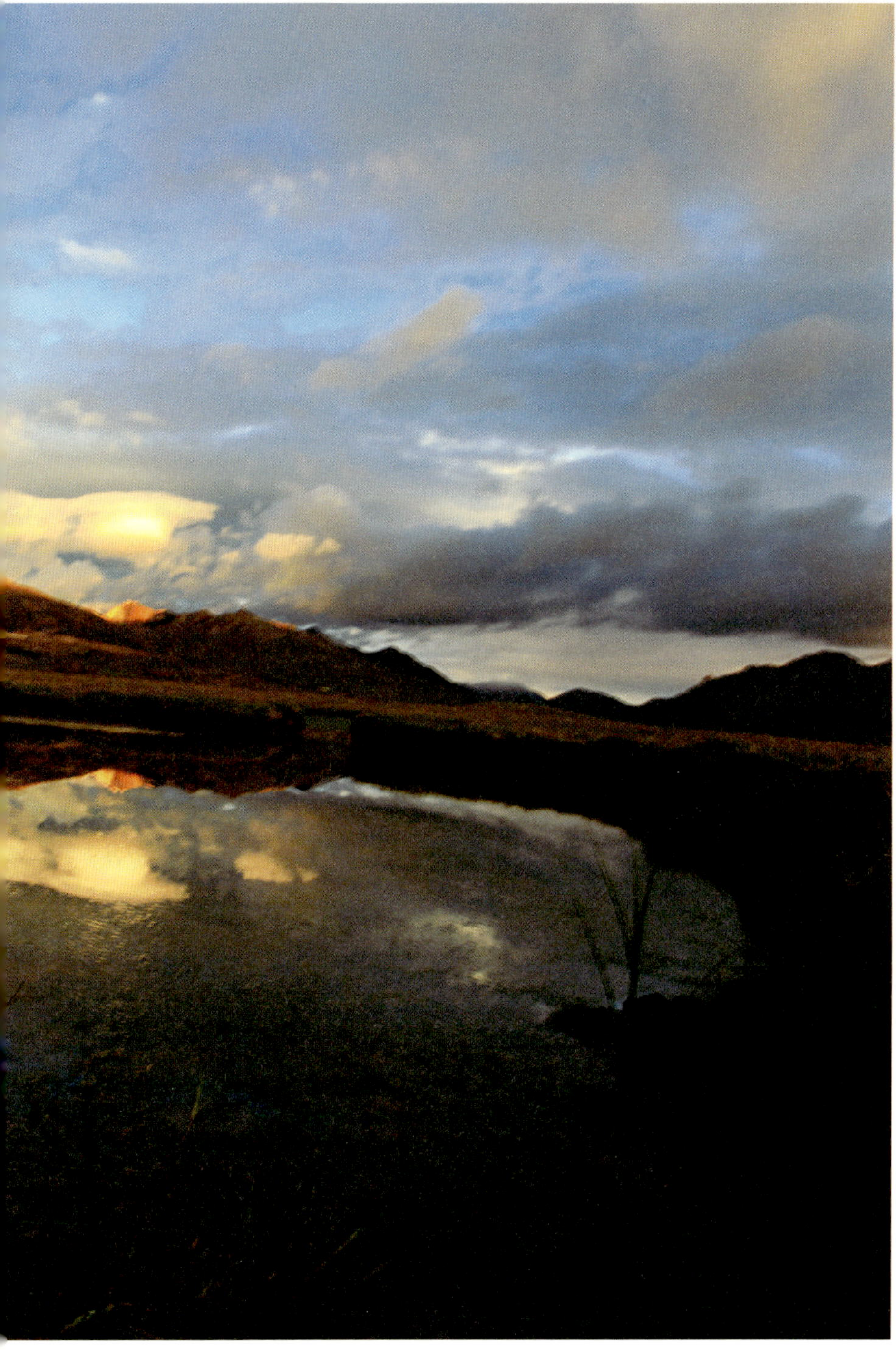

要五六个人。

饶却一家尽管已经分成了8户,但除多了几个户口本、增添了不少人口之外,看上去,一切还像从前一样。住得稍远一些的两个孩子的家其实也不是很远,就在西边的索布察耶神山下,从这个地方就能望得见他们的帐篷和牛群。有个什么事,在对讲机里一喊,一会儿就能走到。从他家的情况看,这些年最大的变化莫过于牲畜数量的大大减少。

而这并不是饶却一家才有的变化。近一二十年间,草原上的牲畜数量一直都在急剧减少,尤其是玉树和果洛两个藏族自治州。昔日漫山遍野的羊群已经不见了,马匹数量也少了很多,牦牛的数量也大不如从前。一二十年以前,有几千只羊、七八百头牦牛的牧人并不少见,有数百只羊、上百头牦牛的人家是非常普遍的。现在回想起来,那一切都像是梦里的事。其中的原因非常复杂,有狼害等自然原因,也有城镇化等社会发展带来的影响,当然,还有生态保护的因素。因为玉树、果洛是三江源核心腹地,国家已投入数百亿,把保护三江源生态作为国家发展战略整体推进,大规模的生态移民、退牧还草、休牧(或禁牧)育草等生态工程持续实施,世代栖居于斯的广大牧人不可能不受到影响。

客观地讲,三江源牧人已经为这项国家大计做出了巨大牺牲,很多牧人已经没有了牛羊牲畜、很多牧人的畜群规模急剧减少就是一个例证。如果说,生态保护是事关国家和中华民族长远发展的千秋大业,那么,最早为此做出贡献并付出巨大牺牲的就是当地牧人。当然,国家从来没有忘记他们的生计问题,随着国家层面上各种政策性生态补偿机制的不断完善,他们的生活也在不断得到切实改善。历史地看,这是一次深刻而伟大的时代变革。而它对传统游牧社会的深远历史影响,也许才刚刚开始。

迪嘎盖草原12户牧人中,在他这一辈的人里,饶却是整个迪嘎盖唯一还住在草原上的老牧人。与他年龄相仿的其他十几位老人都已经住到县城去了。他觉得离开草原去城里生活并不是一个好的选择,一个牧人如果离开了草原和畜群,那还是牧人吗?牧人就应该守着草原,尤其是老人。一个家里,如果老人不离开草原,孩子们一般也不敢离开,至少不会全部离开,肯定会有孩子愿意留下来陪着老人。如果老人都离开了,孩子们就更有理由离开草原了。这是他为什么一直不愿离开草原的根本原因。他说,离开容易,但是一旦离开,就很难说什么时候还能回来,说不定再也回不来了。那么,草原和畜群谁来看守?饶却家住到县城的是他的二儿子,他有两个孩子在县城上学,原本是去照顾孩子的,可是去了之后,就回不来了。

虽然,很多老人也有这样的心思,但是,因为拗不过子女们想到城里生活的渴望和要求,也考虑到孙子们得去城里上学读书的需要,都到城里去住了。嘉洛说,达森牧委会60%的牧户都已住到县城去了，很多老人也都离开草原去了县城，仅达森一队在县城生活的老人就有十六七个。饶却说，也许他们是对的。很多时候，他自己也动过这样的心思。他年纪大了，身体也不好。如果住到县城，各方面都会很方便。可是，一想到他老两口一旦住到县城，儿子儿媳、女儿女婿们肯定也会跟着去县城，过不了几年，就没人在草原上住了。那样他们可能再也回不到草原上了，便打消了这个念头。

饶却的妻子郭义是嘉洛的表姨。可能是嘉洛在对讲机里已经说了我们要去他们家的事，我们到他们家的时候，帐篷的桌子上摆了新鲜水果、风干肉、干果和饮料等，这样的排场在以前牧人的帐篷里是看不到的，尤其是新鲜水果。由此可以看出，饶却一家的日子过得还是蛮滋润的，它反映出草原牧人生活的变化。刚进去时，除了老两口，只有大女儿在帐篷里。还没落座，饶却的小女儿也进来了，怀里抱着7个月大的小儿子。大人们的说话声与孩子的咿咿呀呀声交织在一起，显得很热闹。我问孩子的名字，他母亲白玛达吉说，叫江洋才让。我看了一眼孩子，笑了。玉树有很多男人的名字叫江洋才让，我认识的江洋才让也不下四五个，其中一位还是小说家。我在很多场合都说过这样一句话：在当代汉语世界，江洋才让是一位杰出的小说家，他那些短篇小说是当代最杰出的汉语小说。因为孩子的名字让我想起了另一个同名的人，这是题外话。

饶却一家非常热情，不好推辞，欧沙、嘉洛和我都选择吃了一小

嘉洛的表姨

碗酸奶，之后就一起坐到帐篷外面的草地上去说话了。之前，我跟欧沙和嘉洛已经说过，我们要去走访附近一些牧户，看看他们生活的样子。但我跟他们说起这事的时候，语气要柔和一些。我说："我们去邻居家转转吧？"他们便心领神会。

一个人要是说起邻居，通常意义上是指他家隔壁或房前屋后的近邻。而我所说的邻居，其实都是我在草原上临时住处的近邻。严格来说，我只是他们身边的过客，他们肯定也没把我真当成邻居看。邻居家的一切，都应该很熟悉。尤其对住在乡村的人来说，除了自己家，邻居家应该是最熟悉的地方。而我并不熟悉他们，他们也不熟悉我。只是因为，那些天我有幸走进那片草原，在他们家的帐篷或房屋门前扎了一顶帐篷住过几天，自己把他们当成邻居了。仅此而已。其实，有几户人家跟前，我们只住过一个晚上，来去匆匆，离开之后，草原上也没有留下任何痕迹，就像我们从未到过那里。多年以后，他们也许不会再记得我的模样，也许会记得，因为我曾不厌其烦地打听他们的生活，像是在窥探什么。但是，令我感动的是，他们从未因此存有丝毫芥蒂或保持必要的警惕，而是敞开心扉，讲述他们的故事，就像一家人围坐在一起聊家常。

所以，那天下午，我们坐在饶却家帐篷前的草地上说话时，也很随意，有一句没一句地聊着，漫无边际，想到什么就说什么。谈话内容充满了跳跃性，刚刚还在天上，一下又掉到地上。偶尔，也会相互

我们在嘉洛表姨家的帐篷前聊天

开一两句玩笑，一起开怀，让情义在彼此心里自然流淌。

饶却说，这两年，地面上好像比以前热多了。以前5月份草还没出来（我想，他说的5月是农历或藏历，阳历5月草应该还不会全绿的），现在5月份全绿了。从记事的时候起，饶却一家的夏季牧场都在这里。不是从这里搬到那里，就是从那里搬到这里，都在同一片草原上。变化最大的是雪山都不见了，好像是突然从眼前消失的。

嘉洛插话说，他小时候，狼只吃羊羔，不会伤到牛和马。后来因为狼吃羊羔，不养羊了，狼就开始什么都吃。他们家，2007年以后就没有羊了，大部分人家的羊也是从这个时候就没有了。现在，整个达森草原，只有一户人家还有一群羊，因为担心狼，有两个人和三只牧羊犬白天黑夜地守着，很辛苦。

"前几天，我们家也有一头小牛犊被狼吃了。现在的狼还会跑到帐篷跟前攻击牛群，这样的事以前很少见。"饶却接过话头说，"熊好像也多起来了。有时候，熊还进到帐篷里来。我们家的帐篷里就进来过好几次，我们又喊又叫好一阵子，才哄走。"停顿了一下，他又补充道，"它们可能走远了，今年到现在为止，很安静。"

帐篷前的草地上还有几只鸟，我指了指，问饶却："那种鸟是否叫阿热啊果雪？"他似乎没听明白，犹豫了一下才"啊"了一声道，"是的，阿热啊克雪。"我想，中间的一字之差当是藏语玉树方言与安多方言在发音上的区别。饶却接着说："以前草原上的很多鸟，现在都不见了。是什么原因，说不清楚。有人说是没有了牛毛黑帐篷的缘故，也有人说是草原上没有了羊的缘故。"

鸟与黑帐篷有什么关系，我不大明白，但是，鸟类与羊群的存在与否也许还真有关系。羊吃草，草种不经消化随粪便排泄，鸟从羊粪中觅草种吃，而后在草原上飞来飞去，未经消化的草种又随处播撒。羊——鸟——草种——草原，就成了一个生物链条，所以，草原牧人都认为，鸟类的减少和羊群的消失是草原退化的主要原因之一。牧人把鸟类与羊群都视为草原牧草的播种者。

饶却说，以前山上的冰川和积雪都到山的脚面上了，看上去，就像是整个大山穿着一件长长的白色藏袍。

说话时，9岁的扎西一直在草地上跑来跑去，一刻也没消停。扎西是饶却众多孙子孙女中的一个，是他老三儿子的孩子。我去迪嘎盖的前几天，他们刚刚接到下学期开学时，必须送扎西入学的通知。藏族对年龄的计算方法与别的民族不大一样，他们把娘胎里的日子算一岁，出生的当年哪怕只有一两个月或只有几天，只要占了一个相生，也算一岁。所以，他们说，扎西9岁，实际上，他顶多也就7周岁，刚好是入学的年龄。

加上外孙，饶却已经有15个孙子、孙女了，大的已经高中毕业，参加完高考，最小的刚出生不久。不知道，当这些孙子、孙女都上学了之后，饶却还能不能住在草原上。九年义务教育不仅是一项国策，还有专门的法律。孩子到了入学的年龄不送去上学，就是犯法，就是犯罪，草原上的孩子也不例外。即使饶却打心里想让其中的几个孩子一直留在草原上放牧，成为像他一样的牧人，而不想让所有的孙子、孙女都去上学，恐怕也不可能了。因为，他不想犯法，要是那样，人就没有底线了。而对一个世代游牧也信佛的藏族牧人来说，他们的人生信条中还有自己的底线，那就是牢牢守住自己的善良和仁慈。无论任何时候，犯法之于他们，就是十恶不赦，是要堕入地狱的。

在达森草原，饶却只是我众多近邻中的一户人家。

整个恩钦曲、多彩河流域的广阔区域都是达森草原，这也是我此行的主要活动范围。其总面积大约在5000平方公里，要知道，这仅仅是一个牧委会或行政村的面积。

多杰一家住在拉姆德钦家后面不远的地方。过拉姆德钦家后面的小河，沿着小河的左岸一路向南，走到迪嘎拉姆切吉神山脚下，就是多杰家的帐篷。这是迪嘎盖草原住得最高的一户牧人，从他家的帐篷前向下望去，整个迪嘎盖和恩钦曲流域都在脚下。

因为，他家住得更高，从我们帐篷周围的任何一个地方，都能望得见多杰家的帐篷。有好几次，我都看到有个女人会到河边取水，从未看到有男人在那里走动，还以为这户人家里没有男人。当然，还有他家帐篷前的那头藏獒，尽管有段距离，但我依然能认出那是一头真正的藏獒，而不是一条普通的藏狗或牧羊犬。藏獒是一种灵物，一般都不会像其他看家狗那样乱吠一气，它只会在发现可疑目标时狂吠。所以，每次听见它的叫声，我都不由得朝那个方向望一望，看它在叫什么。可每次，什么都没看到，它就是在瞎叫唤。也许是因为它待的地方太高了，山下草原上的任何动静都逃不过它的眼睛，所以才不时地吠叫不止，而它所看到的动静，在山下，你是看不到的。它在那里跳腾着叫喊时，大老远我都能看清楚它高大威猛的身影，便断定那是一头真正的藏獒。

那天下午，当嘉洛说我们去多杰家时，其实，我还并不知道有藏獒的那顶帐篷就是多杰家，便问他家是哪一个。他指了指藏獒的方向说，就是那户人家。一路走去时，那藏獒一直在叫，它好像早已知道我们要去它家，并以它的方式表示强烈反对。不像人，狗从来就不喜欢客人，尤其是陌生的客人，藏獒也不例外。快到帐篷跟前时，主人迎出帐篷，一边友好地问候客人，一边呵斥着藏獒，让它安静。这时，我才知道，这里还住着一个男人，这个男人就是多杰。多杰身边的那个女人是他的妻子扎西拉卓，就是常到河边取水的那位。

在这种时候，出于礼节，我也不可能把注意力放在狗身上而忽略主人的存在，那样你不仅会受到狗的抗议，人也不会高兴的。藏獒是用铁链拴着的，看得出来，它很想挣脱铁链，挡在我身前。我是在走进帐篷的那一刻，回过头看了一眼那头藏獒，印象可谓深刻。觉得这还不是一头普通的藏獒，而是那种看一眼就能让你永远记住的藏獒。

当时,我就感觉它有点儿眼熟,好像早先在什么地方见过。后来想起来了,是在美国大片《猩球崛起》里面。片中扮演"军师"角色的那头棕色长毛大猩猩就是它的模样,尤其是它头顶长长的鬃毛和两只眼角向下飘荡的长眉酷似那只大猩猩。

后来,在跟多杰两口子聊天时,我都几次走神想起这头藏獒。多杰今年50岁,原本并非达森一队迪嘎盖牧人,他是达森二队的人,他妻子扎西拉卓才是迪嘎盖人,他们结婚以后,多杰才来到迪嘎盖,像上门女婿。这种现象在牧区很常见,拉姆德钦和东珠两口子也是这种情况,东珠本不是这个大队的人,也是婚后才住到妻子拉姆德钦达森一队的草原上。尽管行政区划上的行政村及以下建制现在都简称村和社,但草原牧人却还沿用以前人民公社时候的叫法,叫大队和队。

多杰是24岁到这里的。他与扎西拉卓有两个女儿、一个儿子,也都已成家,大女儿因为孩子要上学,去县城住了,另两个孩子也在西面索布察耶神山那里的草原上,与饶却的两个孩子为邻。坐下不久,扎西拉卓端上一盆刚出锅的牦牛肉,我用刀子削了一小块放进嘴里咀嚼,味道鲜美。但因为是开锅肉,上面还有血迹,我没敢多吃,嘉洛吃得要多一点儿。我们一边嚼着牛肉,一边有一句没一句地说着话。说着说着,多杰也说到了孩子们出去上学的事。嘉洛就说,之前也有很多孩子出去上学,除了个别几个能真正走出去之外,大多最终还是得回到草原。可是回来之后,他们好像把草原上的规矩都忘了,牛也不会放了。让他去放牛时，有的孩子竟然说，牛会吃他——嘉洛解释说，牛会咬他的意思，你看这书念的，简直是屁话，就连三岁孩子都懂的道理，他们就不懂了。

多杰插话说，可能也不是真不懂，而是装着不懂了，好像上了几年学就了不起了。这样的事以前绝不会发生，祖祖辈辈都在草原上，谁也没有离开过，凡是祖辈们会做的事，子孙们不用学也都会做。现在不一样了，以后可能更不一样。

"有一点可以肯定，以后会有越来越多的孩子离开草原，但是谁也不清楚，离开草原之后，他们将怎样生活。"说这话时，嘉洛显得很伤感。他也许是在有感而发，因为他也已经离开了草原。在这样的经历中他可能学会了很多，所以这两年他才以另一种方式在回归草原——这是后话，当另行单独讲述。

从多杰家回来之后，我想独自在草原上走走。原本想走得远一点儿，可是没走多远就听见小贡拉措的声音。回头时，见她直直地朝我跑来。她才三岁，但在草原上奔跑时，像是已经在上面跑了很久的样子，很少看见她会摔倒。我停下来，她很快就追上我，抓住了我的手，并往回拉。嘴里还"吱哩哇啦"地说着什么，我大概听懂了，她母亲拉姆德钦让她叫我回去吃东西。拉姆德钦也煮了一些牛肉，虽然食欲不佳，但我还是割了一小块放进嘴里，并连连说，好吃。

刚见到小贡拉措时，她从不跟我主动亲近，但只过了一会儿，她就坐在我身边，让我抚摸她的头发和小脸蛋了。毕竟是孩子，熟悉起来也很快，大约一个时辰之后，我们就成了朋友。有好几次，我牵着她的小手，在草原上走来走去，给她拍了很多照片。我跟他父亲去看牛群的那个下午，回帐篷时，她也跟在身后。我要靠在被褥上休息一会儿，就让她也挨着我靠在被褥上。后来，我就睡着了。醒来时发现，她也睡着了，还睡得很香。

离开迪嘎盖那天，我们收拾行李时，她也一直在身边跟前跟后。告别的时候自然也不能忘了她，跟拉姆德钦小两口碰过面颊之后，我就去跟她告别，原本也想碰一下额头什么的，可最终我还是想抚摸一下她的小脸蛋。我没想到的是，她一下扭过头去，并抬手挡住了我的手，一脸的不高兴。拉姆德钦说，你们要走了，她就不高兴了。我知道，那就是不舍。大人们会掩饰，而孩子不会。

最后的冰川

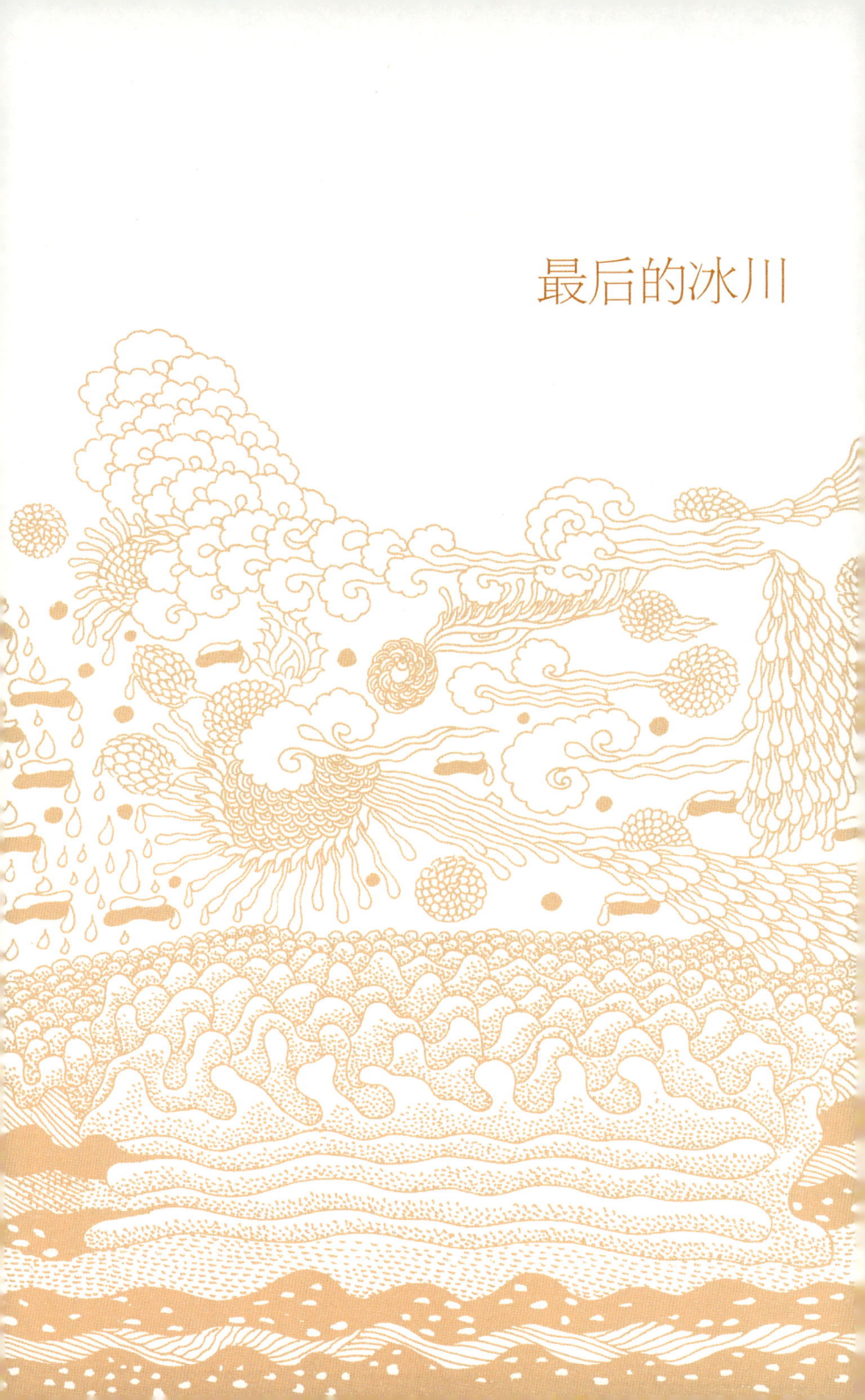

难得有这样的机会，在一片草原上住下来，对牧人的生活做一次深入地观察和记录。而且，迪嘎盖是一片迷人的草原，住下来了，就不愿离开。所以，我没想过要急着离开迪嘎盖，而是打算多住些日子的。

那天下午，靠在被褥上睡着之后，我是听到汽车发动机的声音才醒来的。一醒来，发动机就熄了火，听声音，车就停在帐篷门口。赶忙起身去看时，文扎已经下了车，站在那里。于是，拥抱，贴面，问候。

那天，快到中午的时候，欧沙说，对讲机里传来的消息，文扎已经从称多赶回治多，他要去县上把文扎接过来。我就说，反正这里有嘉洛陪着我，也没什么事。你回家之后好好休息一下，让文扎也休息一两天，不用急着赶回来。这些天，文扎陪着几个人一直在果洛班玛和玉树称多通天河谷进行一项古村落的文化考察。从文扎在微信上发的行程看，他几乎一直在路上，马不停蹄，应该很累了，需要休息一下。我想，他们最早也是第二天下午才会赶到迪嘎盖，没想到当天下午就到了。

坐下，问过冷暖之后，文扎就问接下来是怎么安排的。我就说，既然你已经来了，一切就听你安排了。这不是客套，是实话。以文扎对治多乃至江源玉树的熟悉程度，别说是我，在整个玉树也没几个人能比。对这样的一段行程，他能做出的安排肯定是最合理的安排，我自然是要尊重他的意见的。

可是，文扎的回答多少让我有些意外，他说，明天我们就离开这

我凝望措隆湖冰川

里，去索布察耶，之后去恩钦曲源区，再到多彩河源头，去看那些冰川——你不是要看看冰川吗？这些地方还能看到一些冰川——那是这一带最后的冰川了。

此前，在电话和微信里我确实说过这样的话，说我要在治多的扎河、索加一带选一个地方住些日子，看看最后的冰川，就冻土地带做一次专题的田野调查，并完成《冻土笔记》一书的写作。

这是文扎策划的"源文化"系列丛书中的一部作品，丛书原计划由七本书组成。其他几部作品分别由诗人于坚、作家王剑冰和唐涓、地质学家杨勇、摄影家和影视制作人高屯子、文扎完成，总序文字由作家马丽华答应撰写。所有书稿原定于2018年11月底交稿。

可那时我还没到玉树，更没到迪嘎盖。现在我已经在迪嘎盖了，就不想急着去看冰川了，或者，这次干脆就不去看了。

也是在迪嘎盖，我对《冻土笔记》一书的文本框架进行了重新调整，并初步确定以达森草原为重点完成叙事。但当时我并没这样说。我只淡淡地说了一句，我原本还想在这里住几天的。所以，文扎自然也没完全体会我的心思。他回答说，你想在这里多住些日子，回头再来呗。先走一走，多看些地方，完了，再回来啊。还没忘了补上一句，想再来住几天，那还不简单，什么时候来都可以的，住多长时间都行。

文扎说得当然有道理，可我担心的是，一旦从这里离开之后，我是否还有机会回来？文扎更多的是从他的角度看问题，他就生活在治多草原，从这里去整个玉树的任何一个地方，当然是说去就去的事情。但从以往的经验看，对我而言，很多地方如果一旦错过或离开，也许再也没有第二次机会了。尤其是像迪嘎盖这样的地方，一辈子能有一次机会在这里驻足，便已经是造化和缘分了。

但是，最终我还是很大度地说，一切就依你的安排。随即也补了一句，但愿我还有机会来这里。随后的几天里，我跟文扎商定，9月份，我们再来这里住些日子。他说，好，没问题。

可我从治多回到西宁，没几天就感冒了。而且，这次的感冒拖得时间很长，一直到9月底还没完全好。虽然，并无大碍，不是很严重，也就偶尔在夜里咳嗽几声，但要在这个季节去海拔4600米以上高寒的夏季牧场，还是有点儿担心。一来，自己已经不年轻了；二来，再过几天，牧人们又要从夏季牧场转场回冬季牧场了。看来，至少今年是去不了迪嘎盖草原了。至于以后还能不能去，那也是后话了，不表。

回到文扎为我规划的路线上，我们的第一站就是走向索布察耶，而后是恩钦曲源头、多彩河源头。于是，我看到了那些最后的冰川。

一路走走停停，约下午3点，我们终于抵达措隆冰川附近。车开到山下就不好再往前走了，我们下了车沿着措隆河谷徒步走。欧沙腿有点儿病，加上有点儿胖，说他就在车跟前等，不上去了。河岸草地多沼泽水洼，我们就不停地在水流湍急的小河上来回跋涉。因为海拔

措隆湖冰川

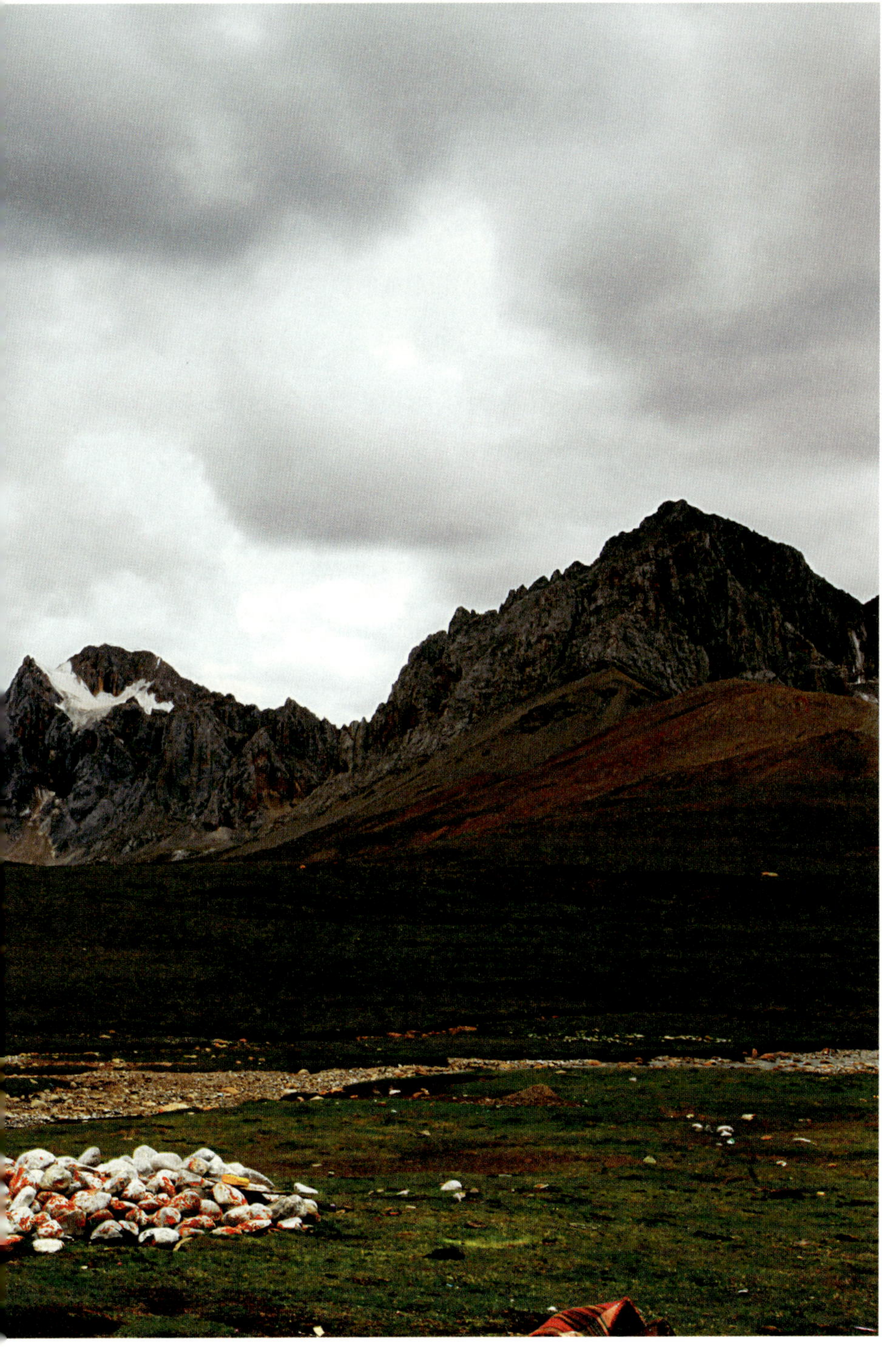

太高,过河时不敢使劲跳,一次过河时,我踩到水里,登山鞋面防水,里面却灌满了水,走起路来很不舒服。从停车的地方到措隆冰川下,不到三公里的距离,不算远,可我们却艰难地走了约两个小时。

当地牧人说,上面还有一个湖,叫措隆湖。嘉洛和文扎他们都知道那山顶有冰川,也不知还有湖。我们都没想着要登上山顶去看冰川,尽量走近些看一眼就行。我们的目标是那个湖,最好能走到湖边。

我是直直往山上走的,文扎和嘉洛则不断向山谷两侧去探寻湖的所在。湖就在前方山顶之下,为此我走了不少冤枉路。当我们费尽力气站在冰川下时,那个小湖就出现在左面的山坡之下,从我们站的地方下到湖边还有一公里的距离。那是一个很小的湖泊,湖面不会超过一平方公里。

此时,体力已经耗尽,我们都在为如何返回到车跟前犯愁,要是再下到湖边,说不定就走不回去了。我们便坐在那山坡上,看山下的湖泊、河流和草原,看山顶的冰川和高天流云。虽然胸闷气短,心胸之间却豁然开阔起来,仿佛那一派雄浑壮阔已然在心,便觉得惬意自在。

从那个地方望出去,由南往西,有三片不小的冰川在山巅之上。南面的两片冰川离得很近,中间只隔着一座高耸的山峰,山峰之上嵯峨突兀者,皆花白色岩石,其下是流沙层和滚落山坡的乱石。整个南部山野都是这般模样,属典型冰蚀地貌。想来,很久以前那广袤山野之上都是厚厚的冰层,从冰蚀痕迹判断,也许直到几十年前,南面山巅之上现在已然分隔开来的那两片冰川也还是连成一片的。

西面山顶当是这片山地的主峰，目测海拔在5500～6000米之间，山顶冰川面积也比南面两片冰川大。可以肯定，以前整个这片山野的冰川都是连在一起的，是一个整体。如果能在那个时候走进这条山谷，除北面阳坡山梁和山下河谷之外，东、南、西三面山野之上可能都是皑皑冰雪。如果恰好阳光灿烂，蓝天映照，那冰雪世界也许会焕发出蓝幽幽的光芒。

我们把青藏高原视作"中华水塔"或"亚洲水塔"，正是因为这些冰川。迄今为止，青藏高原仍然是地球上除南北极之外最主要的冰川集中分布带——我把北美以及其他靠近北极圈的冰川均归在大北极的范畴，因为在纯粹的地理层面上，它就是北极大冰盖的一部分。将青藏高原称之为"地球第三极"，不仅是因为其高崛，是地球的制高点，还因为这些冰川与南北极相映生辉。

可是，很显然，这些冰川正以惊人的速度从这片高大陆上消失。科学家为修筑青藏铁路工程提供的一项观测数据显示，虽然冰川消减程度依山系、位置不同而有所不同，但整体都在消减。其中以帕米尔高原、喜马拉雅山、冈底斯山和喀喇昆仑山的冰川消减最为严重，念青唐古拉、祁连山和昆仑山次之，唐古拉山和横断山冰川消减最小，只有羌塘和阿尔金山的部分冰川出现了微弱的增长——这也许是暂时的增长，因为整体消减的趋势并未改变。

20世纪70年代，青藏高原的冰川面积还有48859平方公里，21世纪初，则变为44438平方公里，减少4421平方公里，平均每年减少147.36平方公里，总减少9.05%。几乎所有冰川的冰舌都处于急剧退缩的状态。与之相呼应的是，几乎所有的雪线也在不断上升，最多的地方已经上升了几百米甚至更多。

多年前曾有报道说，大气中的二氧化碳浓度从工业化时代之前的百万分之二百八十增加到今天的百万分之三百六十七，估计到2100年时，将达到百万分之五百四十至九百九十七。这会使地球温度不断升高，使地球变成一个温室的同时，也在迅速蚕食包括南北极在内的所有冰川和雪山。

最近的一项科学观测显示，预计到2050年青藏高原的冰川面积将减少到现有面积的70%，减少面积超过13000平方公里，到2090年将减少到现有面积的50%。也就是说，因为气候变化的原因，青藏高原冰川融化的速度正在加快。

我们几个在措隆冰川下停留的时间不长，拍完照片，蹲在山坡上歇了一会儿。我看了一眼手机上的海拔仪，指针指向的高度是：4913米。要下山了，我还是有点儿担心自己能否走回去。鞋里面全湿了，下山的时候脚会在里面滑，时间长了，说不定脚会被磨伤。正在犯愁，远远看见欧沙开着车左突右拐地爬上山来。不一会儿就到跟前了，他说，担心我们走不动，就想办法开上来了。这样，虽然下山的路很不好走，但毕竟不用自己费力气。约半个时辰之后，我们就下到山下了。

出了河谷，向左拐上河岸山坡，是一片平缓的草地，那里有一户牧人，是达森三队的人。已经是下午3点40分了，还没吃午饭，我们都有点儿饿了，便决定到这户人家里喝点儿热茶，吃点儿东西，再继续往前。

这户牧人家男主人正忙着在北面不远处的山岩上刻经文，没回来招呼我们，显然，他不想因为我们耽搁手中的活。夏季牧场上的时间已经不多了，再不抓紧时间，他计划要刻的经文恐怕刻不完。刻经文跟其他礼佛活动一样，事先是发了愿的，心里想的什么时候完成就得什么时候完成。年轻的女主人永藏招呼我们，他们几个还是要吃糌粑，我肚子有点儿不舒服，他们建议我泡一碗方便面。吃饭的时候，已经过了下午4点。因为海拔太高水温低，泡了好一阵子，面还没好，顾不了那么多了，凑合着吃吧。以前在野外时也经常吃方便面，不是非常好吃，但也不难吃，这次可能是没泡好的缘故，简直难以下咽，随便扒拉了几口就放下了。

这一天，我们要赶到恩钦曲上游河谷的萨通巴驻扎。原计划是原路返回到下游河谷再往那个地方，可现在时间有点儿紧张，要走回头路的话，天黑以前我们无法赶到目的地。永藏说，从他们家直接翻过西面的高山会近些，翻过山就到了。路不是很好，但能过去，他们到山上挖虫草时就走这条路。于是，我们决定抄这条近道走，以便在天黑以前赶到驻地扎好帐篷。

这样走不远，我们就来到了措隆冰川背后一条开阔的山谷。这时，我们才发现，其实，那冰川的面积比我们想象的要大一些。从这条山谷望向东南，又看到了好几片冰川。其中，在东面，南北走势的那座山，两座山峰之间洼下去的部分酷似一盘马鞍，两面山峰就是鞍桥，连马镫都有。马鞍上就是冰川，冰川向下伸展的部分还包括了鞍垫的形状，我们就叫它"马鞍冰川"吧。马鞍冰川的那一面就是措隆冰川。据说，十几年以前，那马镫上也是冰川，直到五年前，马镫上的冰川还没有完全消失，现在马镫上的冰川已经完全融化，只留下一个台地，台地低洼处，夏天有水。鞍桥上的冰川也正在退缩，但马鞍的轮廓依然清晰。马鞍冰川以南和以西相连的山巅之上还有三处冰川，南面的两处冰川离得很近。因为这些冰川，站在北面山坡上望过去，整个山野光芒四射。

五年前文扎曾到过这里，他说，现在看到的样子与五年前已经有了很大变化。一路上，我和文扎都在说冰川的事。我们都谈到了一个观点，认为现在已经到了所有冰川雪山区域禁止一切登山活动的时候了，其中包括珠穆朗玛等很多著名的世界高峰。如果说，此前大规模持续进行的攀登计划是想证明人类体能的极限，那么，这个理想早已经实现了，无需重复证明。对人类的欲望，如果再不加以克制，当然

马鞍冰川

会有越来越多的人登上所有的峰顶，但是，因为不堪人类的践踏，所有的冰川和雪山最终也会断送掉。像非洲的乞力马扎罗已经看不到雪了，如果海明威再世重写这座山，就肯定不是《乞力马扎罗的雪》了——也许会痛惜地写到雪，但那已经是遥远的回忆了，我们再也无法看到了。

山上没有公路，很多地方只看到牧人走过的羊肠小路和摩托车留下的痕迹，而有些地方，连羊肠小路也看不到。有好几次，文扎把车开到一个无法继续前行的地方，只好又折回来寻找上山的路。

我们就这样在那面山坡迂回，攀缘。大约一个小时之后，车还是艰难地爬到了山口，那里海拔4950米。路虽然很难走，但距离真的缩短了不少。爬到那山口的时候，太阳还在西面的天空里照耀。站在那山口俯瞰，宁静开阔的恩钦曲河谷自东向西绵延浩荡，蜿蜒的河水闪着光芒。

河对岸就是巍峨的索布察耶，山下对面就是这座神山的东端，另一头却伸向西边天际，苍茫逶迤。山下谷口孤零零地耸立着一座尖尖的小山峰，那是传说中索布察耶的小儿子。从那山口看下去，它也就一个小山头，可走近了看，四面皆万仞绝壁，陡峭险峻。据说，他背着父亲索布察耶去跟南面的八仙女迪嘎拉姆切吉幽会，睡过头了，醒来时，天已大亮，羞于见老父亲，走到这个地方就停下来，再也没回去。传说中的索布察耶是一座威名远扬的山神，是西藏著名神山桑丁贡桑的长子，很久以前，他与弟弟智聂日钦云游至此，看到这个地方吉祥安宁，是个十全福地，就在这里住了下来，不愿回去。弟弟见哥哥不回去，也不想回去了，也在不远处的长江北岸住了下来。老山神桑丁贡桑思念儿子，就打发小儿子来寻找，好让他们尽快踏上返乡之路。可小儿子一到这个地方，就得了一场大病死了。索布察耶兄弟俩就再也没回去。

在藏地众多神山中，索布察耶以拥有无量金银财宝著称，尤以黄金为最。每当夕阳西下，索布察耶山顶，有十几座尖尖的山峰闪耀着金色的光芒，据说，那就是金光。除了黄金，索布察耶还拥有无以计数的羊群。所以，当地牧人说，信奉索布察耶的信徒除了会拥有金银财宝，羊群也会布满草原。在索布察耶山脚有一道低矮而又高低起伏的石台，远远看过去，像是有很多羊面对面交着脖子站在那里，传说，那就是索布察耶的羊圈。可是，达森草原上已经看不到真正的羊群了。草原上的羊群真的变成了传说。

我们费尽周折爬上去的那座山叫直达桑姆贡，站在那山口，能看到远处河谷里牧人的帐篷，文扎说，我们就在那一带找个地方宿营。我们抵达那个叫萨通巴的地方时，已经是下午6点多了，夕阳与西面的山头只有一绳高的距离，很快就要落到山后面去了。天要黑了，选了一块平坦的草地，文扎他们就开始忙着扎帐篷，我没去帮忙。因为此刻，夕阳已将草原披上了一层金色的光芒。这是草原上光线最好的

萨通巴

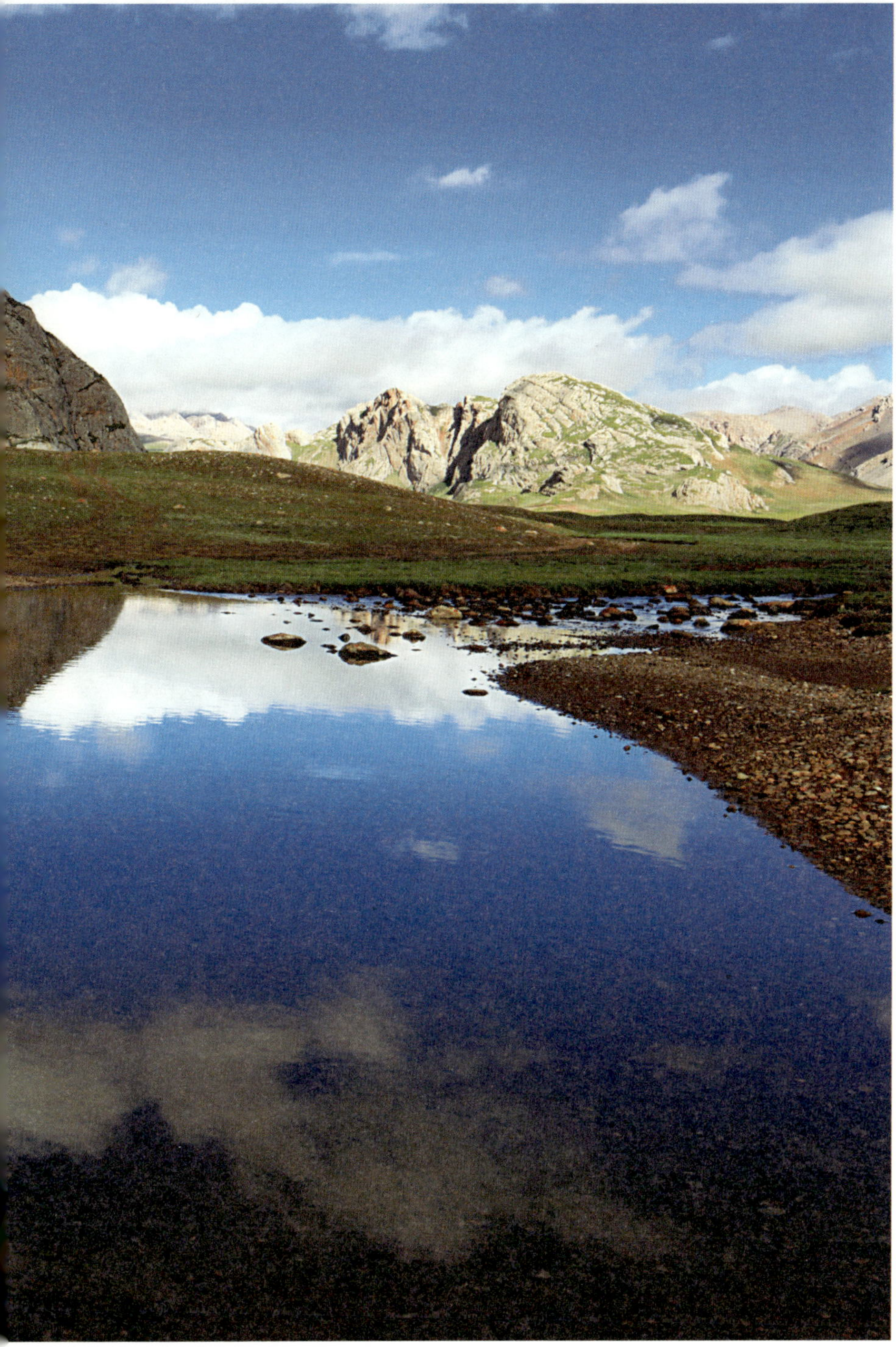

时刻，稍纵即逝。更难得的是，扎帐篷的地方，还有几片池塘一样的水面，像镜子，里面长满了水草，蓝天白云倒影其间，苍茫宁静都铺开了展现在眼前。遇到这样的光景，是一种缘分，苦求不得，无论如何，我都要抓紧时间去拍些图片。

在萨通巴，我们只住了一个晚上。

之所以选这个地方住下来，不仅是因为它面朝索布察耶，背靠直达桑姆贡，中间还有款款流淌的恩钦曲，更主要的一个原因是，这里是文扎出生的地方。一下车，文扎便在草原上走来走去，寻寻觅觅。欧沙说，他在找寻那一片沼泽地。52年前的一天，临产的母亲在这里牧放生产队的羊群，经过一片沼泽地时不慎滑倒，他提前降临。他记事的时候，也曾在这里生活过。母亲曾指着那片沼泽地，告诉他，那是他的出生地。他还记得那片沼泽地的样子，无法忘怀。可是，他并未找到记忆中的沼泽地，这里尽管还有几片水洼，像池塘，但是大片的沼泽已经干涸。最后，他站在一个地方说，从地形看，应该就是这里。

那个地方在达森三队牧人嘎玛丹尖一家的帐篷附近，我们就在那里住下，嘎玛丹尖一家是我们在这个地方唯一的邻居，方圆几公里之内再无别的牧户。东面和西面，远远望见的两户牧人都在几公里以外。

萨通巴其实是嘎玛丹尖家南面一座山峰的名字，但它并不是一座孤立的山峰，而是一列高大山系的一个山头。这列雄伟壮观、气势磅

我们在萨通巴的驻地

礴的山系在藏语中的名字叫直达桑姆贡。它西接巍巍唐古拉,东抵澜沧江河谷,绵延千里,属长江和澜沧江的分水岭。山这面,所有的河流最终都汇入长江源区干流通天河;山那面,所有的河流最终都汇入澜沧江源区干流杂曲。从这个意义上说,它应该也是一座著名的山系,可它目前还只有一个藏语名字。据杨勇先生的观点,在国家地理学层面,长江源区与澜沧江源区之间的广阔区域直到目前还是一片地理命名的空白区域。这不能不说是一个遗憾。

晚饭是一锅熬饭。嘉洛洗菜,欧沙切牛肉,之后,欧沙又点着了喷灯,让它轰隆隆地喷出火焰。剩下的是,由我把它做熟了。牛肉是先下锅的,等锅开了之后,需要打肉沫,我说它对人体有害。一开始,文扎和欧沙好像对此做法并不赞同,说这样会把营养都去掉了,但并未坚持反对。熬饭做好之后,嘎玛丹尖为我们端来了一锅米饭,于是,就有了一顿像样甚至奢侈的晚餐。嘎玛丹尖和他的小儿子跟我们一起用餐。我们吃不了那么多,就分一半给嘎玛丹尖家的其他人吃。嘎玛丹尖说,他们已经吃过饭了,但最后还是把剩下的熬饭和米饭都端回他家的帐篷去了。

是夜,万籁俱寂。躺在帐篷的地铺上静听,仿佛有波涛汹涌的声音,我想,那应该是长江、澜沧江两大江河众多源流在源区山野的合奏。

早上醒得早,我起床的时候刚过6点,太阳还没出来,有满天彩霞。随后,文扎也起来了,他在帐篷前煨放了桑烟,而后盘腿坐在草地上念经。山岗,山峰,朝霞,水光,白马,草原,桑烟……令人沉醉的早晨。这个早晨,我拍了很多照片,心中的喜悦无法言表。

从达森草原出来,一到县城,我便按捺不住发了一条微信,我几乎是惊喜地写下了这样几行文字:"我的高山夏季牧场达森之行。八天七夜,扎帐篷睡觉的地方最低海拔4650米,最高海拔4790米。这也是我田野调查的起点。因为有文扎、欧沙、嘉洛三位亲爱的兄弟白天黑夜地照顾和陪伴,缺氧反应变成了温暖的记忆。有几天路遇大雨,被褥全湿了,他们总是把最干爽的留给我……这是我住过的几个地方,我的白马和草原,我的影子和帐篷,我的湖光山色和蓝天白云……原本想多住些日子,可是有点儿累了,只好先回来,休整几日再次前往。晚上7点多回到治多县城,住下,洗了个澡,吃了点儿饭,就到这会儿了……"配发的一组9幅图片中有6幅拍摄于萨通巴,都是用手机拍的。

我喜欢金色牧场上有一匹白马的这一幅图片。它呈现的不仅是景致,也是一种心情,甚至是一种精神。只需看一眼,你就会懂的。因为,并非所有的心情都能转换成一种光影效果。有很多事情,你只能细细体味,却不能用任何形式加以表达。

我喜欢马,尤其白马。

我跑前跑后地拍那匹白马时,文扎正坐在草地上念经,这是他每

夕阳白马

天早上必做的一件事,已经坚持二十几年了。即使在路上,他也会停住脚步,坐下来念经。一开始,他走到哪儿都带着一摞经卷,后来,几部常念的经文都烂熟于心、可以背诵了,无论走到哪里,一到时间,只等开始。这当然跟信仰有关,但也不完全是。在我看来,这更像是一个熟读《道德经》和《论语》的人,还在不间断地坚持诵读一样。虽然内容没变,但诵读者的心境和修为变了。成年后读出的意思与幼时有区别,老年时读出的味道与此前又大不一样。我曾想,能将一部经书读到这种程度的人,一定是一个活出了大境界的人。文扎也是。

凑巧的是,文扎也酷爱白马。他说,白马与他有缘。他拥有的第一匹马是白马,他第一次骑的也是一匹白马,他第一次下乡时县上分给的也是一匹白马,他到索加工作时乡上配备的也是一匹白马……再后来,他微信的头像也是一匹白马——一匹飞腾的白马。记忆中有一句电影台词,片名已经不记得了,是一只鹦鹉说的:"一匹马,一匹马,我的王国全是马。"我喜欢这句台词。后来写小说时,我曾借用这句台词,让它从小说主人公的嘴里说出来。

离开萨通巴之后,我们去看的冰川在恩钦曲源区。

从萨通巴往西不远处过了河,沿恩钦曲左岸逆流而上,以前没有路,要前往须得骑马或步行。文扎小时候,他们生产队的一部分夏季牧场就在恩钦曲源区,他到县城上学的时候,他们家还住在那里,寒暑假放学回家时，他就走这条路，骑马或步行。现在，正往源区定居点修一条路，我们去的时候，有一段约10公里路的路基已经修好，这样我们便可以开车过去了。但也只能走到那个地方了，再往前，车就走不了了。

下了车，走上那面山坡之后，我们就站在那里遥望恩钦曲的源头。从那里望出去，南面的山顶之上可以看到几片很小的冰川。文扎说，这一带主要的冰川还得走很远才能看到。恩钦曲源流在我们西边不远处向北拐了一个大弯，南边高耸的山梁挡住了视线，看不到恩钦曲源头的冰川，视野尽头，只见苍茫。我们盯着那一派苍茫徘徊良久，而后返回。草地上有几株蓝色的花朵绽放着最后的灿烂，这是一年中草原上最后的花朵了。

这一天，我们的目的地是黑湖。我们去看了那些漫山遍野的嘛呢石，还去访问了一个叫格则阿达的老牧人。当晚，在黑湖边贡桑家的帐篷跟前安营扎寨。这是后话，暂且不表。一路上，偶尔看到的几处冰川，星星点点，亦可忽略不计。

再次进入冰川集中分布地带是第二天的事。

次日下午2点左右，我们再次翻过4800多米的干卡贡玛垭口，进入多彩河流域。沿盘山公路下到半山腰时，有一段路上能收到手机信号，便停车打了几个电话。之后，一路向前，往多彩河源头。从多彩河上过桥，现在已经有一条县乡公路通往治多西部的治曲、扎河和索

干卡贡玛垭口

加,路面铺着柏油,以前这里只有一条简易的沙土路,河上也没有桥,要去索加一带,极其艰难。2000年8月,我去索加,过了雅曲,有一段不到40公里的路,我们整整走了26个小时。沿这条公路向西走,不久,开始下雨了。雨越下越大,车也开得很慢。约3点左右,我们停在一个地方,等一个人。这个人就是原达森二社社长才仁扎西。嘉洛一直在对讲机里喊着才仁扎西的名字,可是我们一直没有听到他的声音。已经等到下午4点半了,他还没有消息。早上吃了一点儿糌粑,到现在我们还没吃午饭,都有点儿饿了。雨还在下。

沿途,我们看到整个多彩河流域的生态环境已经严重退化,大多数山坡上几乎已经没有了牧草生长,地表沙土大面积裸露。从河谷坑坑洼洼的地表判断,很多地方以前都是沼泽草地,沼泽干涸之后,草地呈现出疤痕状破碎的斑块。大多数山坡上都是从山顶滑落的石头和流沙层，冰蚀痕迹明显。由此可以证明，这些山巅之上曾经都是冰川和积雪，说不定这是最后一次冰川期留下的印记。

欧亚大陆最后一次冰川期最晚也在距今 8000 年前已经结束，很多地方大约在 12000 年前已经结束。因为地处地球第三极，是欧亚大陆最寒冷的地方，青藏高原可能是最后才告别冰川时代的地区。也许直到 5000 年以前，这一地区的冰川时代还没有结束。我们现在所能看到的这些冰川无疑是欧亚大陆最后的冰川了，而它正在从我们的视野中迅速地消失。

一路走来，我们也看到过一些零星分布的冰川，远远望去，像扣在山顶的一块碎瓷片。那就是即将消失殆尽的冰川，是现代冰川最后的背影，也是它最后的回眸，感觉像是转瞬即逝的样子。

雨过天晴的时候，我们终于等不住了。必须往前走，得找个有水的地方，烧点儿茶，吃点儿东西，车上虽然没有其他食物，但糌粑还是有的。下午 5 点，我们下了公路向南拐到多彩河谷，那里有一座小桥，我们在桥头草地上点着喷灯烧茶。烧好茶，吃糌粑时，才仁扎西赶来了。

从这里往南是一片开阔平缓的草原，再往南，进入一条山谷，多彩河的源流就在路的左侧，我们继续溯源而上。快走到南面山跟前时，东面的山顶上出现了零星分布的几小片冰川。那是一座南北走向的高山，山腰以下几乎没有植被覆盖，因雨水侵蚀，乱石和流沙层层滚落，凸起的山梁列成了一排，像一座座宝塔，围着整座山峰。因为当地藏族人皆信佛，这些宝塔状的山梁也被赋予了精神的力量，奉为圣地，一直受人膜拜。

文扎和欧沙说，他们的记忆中，那一列高山之上的冰川曾经是连成一片的，苍茫浩荡。西南方山顶有一片冰川是这一带面积最大的冰川，其以前的形状酷似中国地图，权且称之为"中国地图冰川"。欧沙说，三年前，他也曾到过这里，那时候，地图的形状还是完整的，才过了三年，"地图"上，整个东三省都已经不见了。

约晚上6点30分，我们赶到驻地马克章同。

我们的帐篷扎在更嘎才仁家的帐篷旁边。如果不是天黑了，我们可能还会往前走一点儿，赶到多彩凯宏曲——多彩河的源头驻扎。那里是整个多彩河源区冰川最集中的分布带，藏语中称之为左直贡的那一片冰川是这一带面积最大的冰川。这也是我们此次探访冰川之旅的最后一站。

去多彩凯宏曲是第二天上午的事。虽然没有路，但车还是在艰难地前行，约一个小时之后，我们已经在多彩凯宏曲卓扎家的帐篷里了。从路上，我们已经看到他家西面的山顶有好几片冰川，在阳光下熠熠生辉。及至走近了，从卓扎家的帐篷跟前却又看不到西面的那几片冰

我与文扎和欧沙在措隆湖

川了，它躲到了山梁的背后。不过，南边山顶却又看到了另外的几片冰川。

卓扎的儿子洛扎说，到山顶，这些冰川是连成一整片的，尤其是南面，从这里一直到恩钦曲源头都是冰川。他曾多次为很多人引路，在上面走过很长时间，感觉它没有尽头。

洛扎给我们看过一些他拍的图片和视频，看上去，那是一片巨大的冰盖，堪称冰原。但要去那冰川必须骑马，难以步行抵达。我们事先没有准备马匹，一时也找不到足够的马匹供我们骑乘，只好远远地望望，然后坐在卓扎的帐篷里，听他们讲述冰川的故事。

不过，即使有马匹，即使能够抵达，我也只想走到冰川边缘附近，静静地站在那里看着，绝不会用自己的脚去践踏那一派晶莹，把脚印印在上面，即使自己的脚印并不肮脏也不想。

此前，在青藏高原的很多地方，我也曾走到过冰川跟前，譬如阿尼玛卿和年保玉则，譬如昆仑山腹地和长江源区。很多地方，我离冰川其实已经非常近了，近得一伸手就能抚摸它冰凉的肌肤。有一两次，我也的确伸手小心地抚摸过，那是刺骨的冰冷，手指一碰到那冰面，感觉立刻就粘在上面了。更多的时候，我只是静静地站在那里，只是凝望，不走动，也不说话，甚至屏住呼吸，生怕一不留神就会踩到冰层，就会惊扰到那亘古不变的宁静。

藏地牧人都相信，那雪山冰川的里面还有另外的两个世界，一个是山神居住的内世界,一个是山神本尊居住的密世界,所以庄严神圣,不敢侵扰冒犯。虽然,我并不确定那冰层里面是否真的有神灵存在,但我依然坚信它是神圣的——大自然原本是神圣的,是不可随意践踏和侵犯的。

最好——最好,人类能恪守本分,满怀敬畏,为冰川雪山以及大自然守住最后的一点儿尊严。所谓保护,其实就是爱。如果不懂得如何去爱,也必须学会谨慎。一直以来,我都无法理解那些誓死要登上世界高峰的"英雄",又不是没人登上去过,你登上去了又如何?

我还记得 20 年前治多索加一个老牧人说的一句话:"每一个离开过草原的牧人,在远方最想念的不是亲人,而是雪山和草原,之后是畜群,之后才是人。"有人说,青藏高原的牧人可以什么都没有,但绝不能没有冰川雪山,视野中望不到冰川雪山是他们最难以忍受的事。

卓扎的祖上是这一带的大户,他从 4 岁开始在这里生活,已经在这个地方生活了 60 多年。他家所在地的海拔是 4731 米。之前的事情他说不上,所记得的都是老人们讲述的故事,但这 60 多年间发生的事,他都亲身经历过,历历在目。记忆最深刻的都是大地上的变化,变化之大,如果不是亲眼所见,自己都无法相信。我注意到,这一带牧人在说起一些事情时,总喜欢说的"以前"两个字,一般都指 20 世纪 70 年代以前。

卓扎说,以前,他家后面冰川,有一个地方叫左直贡,那是传说

两个大胡子（文扎和欧沙）

中野牦牛产犊的地方,旁边有一个山谷,叫曲涝。后来地名也改了,把两个地名合在一起,变成了直贡曲涝。那里是多彩河真正的源头。卓扎说,以前这里的很多地名都跟《格萨尔史诗》中的地名一样,现在连地名也不一样了。

他17岁时,这一带还有一群一群的藏野驴,黄羊也很多,后来都不见了——好像是1985年之后就不见了。那一年发生过一次大雪灾,百年不遇。近些年,黄羊又出现了,但藏野驴再也没出现过。记得,70年代(20世纪),冰川面积很大,一直到山脚下都是冰川,现在已经退到山顶上了,所剩无几。

从2015年开始,冰川消失的速度更快了。黑土滩面积却越来越大,以前这里从未见过黑土滩。沼泽地也越来越小,几乎没有了。老鼠越来越多。以前,从恩钦曲源头到杂多要翻越一座高山,中间还有一条河,只有夏天积雪融化后才能过去。这几年,山上的积雪都化了,这条路一年四季都能走。以前,中间那条河,夏天不封冻的时候,也只有一尺宽的河道,一匹马勉强能通行;现在,一年四季,一群马过去也畅通无阻。

卓扎说,特吉涌是一片大滩的名字,那里有天然药泉。从那里往西,就是澜沧江源区,也是《格萨尔史诗》中的财宝宗。以前,牧人们只能在夏天翻过一座雪山去那里喝药水,现在,一年四季都可以过去。路是好走了,但雪山不见了,冰川也不见了。

这几年，草也不好好长了。卓扎说，他是一个藏医，认识很多植物。他仔细留意后发现，看上去，花草种类似乎也没有减少，但数量明显少了，花期也短了，很多花，开了就谢，很快就不见了。

文扎说，这是因为，一种隐秘的秩序被彻底打乱了。

波兰诗人瓦茨拉夫·格拉莱夫斯基认为，所有的跌倒、瘀伤、断胳膊断腿都是因为破坏了某个隐秘的秩序而付出的代价。

据卓扎的讲述，左直贡那个地方，以前的冰川融化后，发现了很多野牦牛的遗骸，有整头的野牦牛，也有不少野牦牛头和犄角。还发现了很多箭头、矛头和箭杆。卓扎说，那些箭头和矛头（或枪头）好像都是铁。一些呈金黄色，可能是黄金。

据说，捡到的很多箭头和矛头，有些不知去向，有些被夏日寺僧人江洋收藏着。我没看到实物，但看到过洛扎几兄弟拍的图片，从图片上看到的锈迹和色彩判断，我觉得其材质不是铁，而是铜，青铜，那些黄色的，也不是金，而是黄铜。

卓扎家里，还保存着两支箭杆，品相完好，长约70～80厘米，是竹子做的。因为常年封冻于冰川底层，其外观几乎未受到任何侵蚀和损伤。箭头部分的竹竿用刀子小心地去掉了几小片，去掉的部分向下呈尖尖的等腰三角形，使上端可以收紧，像一个箭头，这样可以插进箭头里面，靠其张力牢牢地固定住。当然，它也许是尾部，这样，那缝隙里可插入羽毛做箭羽，只需用牛皮绳将末端扎紧即可。

我把它握在手里端详，并轻轻触摸，表面光滑如玉，像孩子的手指。之后，放在笔记本上拍了图片。2018 年 8 月 10 日下午 5 点 33 分，我发的一条微信里有这样一句话："冰川消融后发现的箭杆——我估计至少有 2000 年的历史。"

青藏高原低海拔地区也有竹子生长，但很少见，且都是植株低矮纤细的竹子，做不成箭杆的。那么，这些竹子又从何而来？应该来自遥远的南方。如是，它当然会有一条相对固定和保障安全的运输路线，类似于茶马古道，也像古代丝绸之路和玉石之路，我们权且称其为"竹子之路"。

路的起点可能在今天的四川盆地，终点则是高原腹地的冻土地带。如是，早在几千年之前，这些古代高原狩猎部族就已经跟其他古代文明取得广泛联系，并有深入的交流。这是一个重要的信号，它的意义在于，即使处于冰河时代末期的高原氏族文化，也不是孤立存在的。

洛扎是卓扎的小儿子，今年 24 岁，喜欢雪山冰川，熟悉这一带所有的冰川。这几年，凡到这里来看冰川的人，都会找他。他第一次去冰川时，18 岁，是跟两个哥哥一起去的。听说了很多人在那里捡到过箭头的事，他们也想去看看。那一次，他们走得远，到了赛迪，那是恩钦曲源头的冰川。

他们找到了那些箭头，那个地方的箭头与别处不大一样，虽然也都是青铜，但都很锋利，而且每支箭头的形状也不一样，且更为精致。他们拍到的箭头图片上有六支箭头，每一支都精美绝伦。从画面上看，表面锈迹斑驳处便是氧化铜。我认为，它们都是青铜时代的器物——箭镞。

没想到，我会在海拔接近5000米的高寒草原遭逢伟大的青铜时代。

第二次去冰川时，洛扎也捡到了一支箭头，是最小的一支，应该是改进后的箭头。这一次，他是带着夏日寺僧人江洋才让一起去的，最大的收获是发现了3头完整的野牦牛尸体。在冰川融化后裸露的沙地上，它们静静地躺着，没有一点儿伤痕，像是自然安卧的样子，感觉是一场突如其来的灾难夺走了它们的生命。也许它们原本就卧在草地上，突然，灾难降临，未及起身，轰然滑塌的冰川便将其埋葬。

其中一头野牦牛的犄角是向下弯曲的，从犄角的样子看，大约有13岁。洛扎和僧人江洋才让费了很大劲，用一条毛绳把这头野牦牛的遗骸拖出了冰川，之后运到了夏日寺，放在江洋才让的牛粪房里。

也是这一次，他们还捡到了7支箭头，也让江洋才让收藏着。一次，在后面冰川，洛扎还捡到过一支带倒钩的箭头，当地老人说，那是魔鬼的箭，能把肠子钩出来。洛扎还看到过木质的箭头、大量野牦牛肚粪和内脏……

22岁那年，洛扎五兄妹一起去看过一次冰川，去的是他家后面的冰川，他们见到过野牦牛头和一只鸟的尸体。洛扎说，此前他从没见过那种鸟。之后,他们五兄妹又去了一次左直贡冰川,这是第四次,也看到过一具野牦牛头。

洛扎先后7次去冰川,感觉越到后面,看到的东西越少,已发现的东西都捡得差不多了。除了箭头、箭杆,洛扎还捡到过不少野牦牛尾巴,捡来之后,都送人了,很多人想要,有人还专门托人来要。

第六次,他去的是恩钦曲源头冰川,没什么发现,就在冰面上一直往前走,冰面特别大,好像没有尽头。自下而上,冰川像台阶一样一层层抬升上去。他们一直爬到了顶层,到了山顶,还是冰川。从那里望出去就是澜沧江的源头——澜沧江是从那冰川底下流出来的。

在冰川边缘,他们发现了一块很大的石头,是绿色的,像碧玉。听说,后来也有人看到过这样的石头,都是很大的绿石头。有几年,很多人专门到那里想把那些石头拿走,因为太大,没拿走。

今年,洛扎又去了一趟左直贡冰川,这是最后一次去冰川,他发现了一匹马的尸体。另一个发现是,冰川正在迅速融化,一边从上往下滑塌,一边从下往上退缩,面积越来越小,上下之间的冰面也越来越狭窄了。那匹马的尸体就是在冰川滑塌的地方发现的。

洛扎说,他还注意到一个奇特的现象,从冰川底下露出来的那些野牦牛的内脏好像能自己移动,每一次去,它们所在的位置好像都不是同一个地方。还有成堆的牛毛从冰川底下露出来之后,很快变成了灰。另外,野牛头、内脏、骨头、牛毛都是分开放的,从未见过它们混杂在一起的情景，好像是有意分别堆放的。

卓扎和洛扎父子都说，这些箭头、箭杆以及动物遗骸等的发现也是这些年才有的事，以前很少看到，也没听老人们说起过。为什么？因为以前它们都埋在冰川底下，现在冰川融化了，它们才都露出来了。

除了箭头、箭杆之类的物件，他们还发现过火枪的弹药和其他装置用品，这些都跟人有关系。奇怪的是，他们在冰川地带还从未发现过人类的遗体或骸骨。有很多事情无法解释，他们为此感到疑惑。

此前，在多彩以西的雅曲流域，我也听说过牧人在消融的冰川底下发现野牦牛遗骸的事。出了多彩乡的地界有一片开阔的谷地，北面一座山顶上有一片冰川，像一弯下弦月。据说，那冰川以前呈圆形，像一面铜镜，所以它在藏语中的名字就叫昂错美伦，美伦就是铜镜的意思。

当地还流传着一句祖先们留下的古话，说那面铜镜的变化预示着未来，如果有一天看不到那面铜镜，则预示着地球万物的终极命运。所以，在那里生活着的每一个人每天都望着那一片冰川，时刻留意着它细微的变化。

从那谷地出去，走不远就是长江源区支流雅曲，雅曲和源头曾经也是连绵的冰川。到2000年前后，那片冰川已几近消失，消失了的冰川底下就是野牦牛的遗骸，大多不曾腐烂，品相保存完好。想来，冰川掩埋野牦牛等动物遗骸的事并非左直贡一带所仅有，而是高原冰川地带一个普遍的现象，至少长江南源广袤的冰川地带是这样。

传说，左直贡一带是野牦牛生小牛犊的地方，那应该是野牦牛的栖息地，可为什么会有那么多人类使用过的工具呢？后来，又有人说，那里不是野牦牛产犊的地方，而是人类存放野牦牛肉的地方，因为地处冰川地带，肉类食物可常年冷藏保鲜，而不易腐化变质，是天然冷库。

我倾向于后一种说法，即这里可能真的是一群以狩猎为生的古代人类族群存放猎物的地方。那个时候，持续了约200万年之久的地球最后一次冰川期已经过去，温暖的间冰期已经来临，地球迎来一个崭新的时代，地质学家称之为全新世。因为高寒，地处青藏高原腹地的长江、澜沧江源区，似乎晚了很久才迎来间冰期温暖的季节。以狩猎为生的高原土著是在冰川期的尾声里拉开冷兵器时代的大幕的。但是，这里的冰川时代尚未走远，它还在眼前，离得非常近，近到一抬眼便能望见，一伸手就能摸到。

也许正是这个缘故，青藏高原才成为第四纪冰川期动物最后的乐园。据科学家最新发现的证据表明，青藏高原是冰期动物种群的最主要发源地。猛犸象和巨型披毛犀是第四纪冰川期最具代表性的物种，在第四纪冰川期结束之后，它们高大的身影还在青藏高原上继续游荡，使其成为地球冰川期动物最主要的居留地和策源地，最后，才从这里走向世界——当然，也走向灭绝。

冰川期的绝大多数动物都已经灭绝，冰川期动物最终灭绝的时间应该在12000年前后，它们都已变成了化石。但也有一些动物幸运地存活了下来，今天，青藏高原的野牦牛（包括现在家养的牦牛）、棕熊和鼠兔是它们中的佼佼者，堪称冰川期动物的活化石。

冰川和冰川期动物的存在，为狩猎为生的高原土著提供了独特的生存环境。

冰冷是严酷的，但从保存食物的角度看，却是绝佳的环境，冰川是天然的冰柜和冷库。有时候，猎人运气好，会猎获大量猎物，于是，他们将剩余的肉食储存于冰川边缘，并小心看护，以备不时之需。时间长了，储存的食物也会越来越多。

直到今天，青藏高原很多地方的人，还有在冻土层挖掘类似地窖样的深坑来冷藏储存肉类食物的习惯。因为高寒，也因为当地其他食物资源的匮乏，肉食一直是高原土著居民最主要的食物和能量来源，入冬前，乘膘肥体壮，要宰杀大量牲畜，以备足一年的肉类食物。有些地方会将其风干，做成干肉备着，也有一些地方除了做一部分干肉，会在冻土层或冰层中储藏肉食。这样储存的肉食具有保鲜的优点，吃多少取多少，什么时候肉都是新鲜的。我不曾考证，今天仍在延续的这种习俗是否源于冰川期猎人储藏肉食的经验，但其基本做法却是一样的。

如是，远古的青藏高原，在游牧文明出现之前，曾一定出现过一个非常发达的狩猎时代,至少它曾一度兴盛于高原腹地。如果恩钦曲、多彩河源头一带也曾生活过这样一支土著居民,那么,曾长期埋于冰川之下的那些动物尸骸就不难理解了。虽然"生活在冰河时代的人类也提高了狩猎技巧,缝制了暖和的衣服,建造了坚固的住所(通常以动物皮毛骨骼和冰块为材料),也发展了精细的技术来捕获草原上的大型食草动物(如猛犸象)……这些遗址明确无误地证明,人类在面临毁灭性气候变化时表现出了惊人的适应能力"(引自大卫·克里斯蒂安、辛西娅·斯托克斯·布朗、克雷格·本杰明《大历史》)。但是,依然可以肯定,在普遍的历史学意义上,卓扎和洛扎父子俩所讲述的这些事,并不是达森草原冰河时代的事情。

那些箭镞告诉我们,这些古代猎人生活的时代已经不是石器时代了,已发现的少量火器还告诉我们,他们最后生活的年代也许不会早于千年,甚至更晚。即便如此,这也是一个漫长的时代,从青铜为标志的冷兵器时代一直延续到以火药为标志的火器时代,上下跨越两千年之久。

它使我想起了青藏古岩画,岩画上出现最多的图像也是牦牛和手持箭弩的猎人。据考古学家证实,青藏古岩画出现的年代也恰好是这个时候,最早距今3000年之前,最晚也不会晚于1000年前。虽然,迄今为止,那一带尚未发现反映古代狩猎场面的古岩画,但是,已发现的大量实物似乎可以证实,恩钦曲、多彩河源头的那些冰川之下就是那个时代一个重要的历史现场。与古岩画一样，它也是珍贵的人类历史文化遗存。甚至，它比古岩画更具有历史地理的标识意义，因为，它的地理标识更加真实精确。

那么，它们又是如何埋到冰川底下的呢？难道古代猎人会在冰面上凿一个窟窿放进去不成？我想，那不是人类所为，而是大自然演化的杰作。

历史上的冰期与间冰期并不是截然断开的，在一个相当漫长的岁月里，其交替演进的过程是一个相互都有进退的过程。因气候变化，即使在冰川期结束以后，它依然会有随时卷土重来的可能。在青藏高原这样严酷的环境里，也许直到几百年以前，这样的事还在不断发生。因为气候突变，冰雪再次掩埋了莽原，也掩埋了人们精心储藏的食物。也许恰好相反，因为冰雪融化或遭遇地震之类的变故，滑塌下来的冰雪掩埋了食物，也掩埋了家园，人们被迫迁徙……

可是，那些箭镞呢？它又是怎么被放到冰川底下的呢？如果食物要分开单独存放，弓箭等狩猎工具一般都不会与食物一起存放，而是会放在人类居住的地方，这样会方便得多，他们要外出行猎时，一抬手就能拿到。但是，发现那些箭镞和猎物遗骸的地方却不像是人类的居所，要不，至少会留下别的遗迹，比如此类遗址常见的锅灶遗迹，甚至会留下人类自己的头骨、腿骨和尸体——如果那是一场冰川灾难的遗址，它能瞬间掩埋野牦牛、马匹和鸟，也一定能掩埋人类。可是，从未有此类发现。

那么，是否另有隐情？如有，又会是什么呢？难道恩钦曲、多彩河源头的这些冰川掩埋的是一个文明的秘密？文扎甚至猜想，在这一次人类文明之前，青藏高原是否还出现过另一次甚至几次人类文明？因为，这样的猜想在世界其他地方也曾不断出现过，比如传说中的亚特兰蒂斯，比如中南美洲的史前玛雅文明和古埃及文明……

也许，过不了多久，所有被冰川掩埋的秘密都会昭然若揭，因为它正在迅速融化并消失。依照目前的速度继续融化和消失，不出百年，除南北极之外的地球，冰川将所剩无几，消失殆尽的日子已经不远。现在我们还能看到的这些冰川已经是最后的冰川了。因为好奇，人类一直渴望破解天地间所有的秘密。这种渴望似乎正是推动人类文明不断向前发展的主要动力。如果有一天，天地之间没有了任何秘密，人类文明是否也会失去继续前进的力量呢？而冰川存在的意义还绝不仅限于保守某种秘密，更在于地球生命万物继续演进的秩序和平衡。仅凭孕育江河、滋养大地这一点，它也是一个至关重要的平衡点，关乎生命的源头，当满怀敬畏。无论过去、现在和将来，冰川的存在都是一个神圣的启示。

老子曰：道生一，一生二，二生三，三生万物；人法地，地法天，天法道，道法自然。像青藏高原是地球第三极，像南极和北极，最后的冰川，也是一个极，是终极，抑或无极。而无极之极，便是道。

牧场·卓巴仓

索布察耶的倒影

这是你在很远的地方蓦然回首时

不经意间就能望见的那个地方

无论离开了多久，走了多远

无论从哪个方向，只要你肯回头

它还在原来的地方，保持着原来的模样

其实，它早就不是那个样子了

不曾改变的只是你的思念

　　　　——古岳　《故乡》（节选）

差不多有一年时间了吧，在去达森草原之前，我就曾听扎多反复说到过"卓巴仓"和"索布察耶"这两个词，确切地说，这是两个名词。前者，卓巴仓是藏语音译的三个汉字，如果是意译，前两个字可能会译成牧人；加上后一个字，可能会译成住在帐篷里的牧人，一般都会译成四个字——牧人之家。而后者索布察耶是一座神山的名字，我在前文中也曾反复地提到过。

在听扎多不断地说起有关卓巴仓和索布察耶的那些构想时，我感觉未来的日子里，他所做的一切都与之有关。他自己也说，今生今世，这也许是他最后要做的一件事，是他一生追求的最后总结。如果是一个作品，那么，这一定是压轴之作，他大半生苦苦探索和思考的结果可能都会在其中得到最终的体现。卓巴仓和索布察耶这两个词连在一起之后，字面意思整体所透露出来的正是扎多要做的事情，可简单地理解为，他要在索布察耶建设一个牧人之家。但它绝不是一座建筑、一个院子，也不是一座房子，而是一个未来意义上的牧人社区。他希望未来的牧人能生活在这样的社区里，过一种理想的生活。坦率地讲，目前它还只是一个构想，所能看到和想象的也只是一幅美好的图景。

从他的描述看，它完整地保留了游牧文化的原始形态，甚至使很多已经淡出现实生活的古老习俗重新焕发出光彩，让生活在里面的人感觉自己也过着和祖先们一样的生活。同时，它也吸纳了很多现代人类文明的优秀成果，无论是社区管理运行还是产业经营模式，对整个社区人群精细化分工，进行统筹安排和调配，协同合作，从而使不同年龄阶段的每一个牧人都会在其中找到一个合适和喜欢的位置，尽力尽责，并从中受益。

说实话，第一次听扎多讲这些时，我也想到过一个词：乌托邦。那么，它是否就是一个牧人世界现代版的乌托邦呢？肯定不是。因为它既着眼于未来，也立足于现实。其所有的构想正是出于当下牧人世界现实困境的思考，不仅没有脱离现实，而且恰恰相反，其最终目的正是要解决当下和未来面临的很多现实问题。它积极探索的是一个方法，也是一个生存发展的样板模式。

回想起来，我认识扎多已经有 24 年了。第一次见面的时间应该是 1994 年初的某一天，之所以记得这么清楚，是因为这是英雄杰桑·索南达杰牺牲的时间。而扎多是索南达杰生前的秘书，索南达杰前后 12 次奔赴可可西里考察自然资源、保护野生动物时，扎多都在身边。索南达杰牺牲后，我受命赴治多采访，但那一次在治多好像并未见到扎多，他应该还没回到治多。见到扎多是稍后的事，记得是在我供职单位《青海日报》的一间办公室里，他来找我，就是要给我讲索南达杰的故事。此后的日子里，交往一直没有间断过，成为最好的朋友。

在一些场合，我们也这样相互介绍。但是，我可以肯定，从相知和理解的程度而言，我们之间的关系也许早已超越了朋友关系，我们更像是亲人，平日的交往也更像是至亲。我女儿还在上小学，一次作文,老师要求写身边的一个人,她写的是扎多。有一年,扎多一家四口还与我一同回我老家陪我父母过春节,不当自己是家里人,不会这样做的。

起初,我们交往日渐密切的一个主要原因是,他先是发起成立了"青藏高原环长江源生态经济促进会",随后又发起成立了"三江源生态环境保护协会",作为组织成员,虽然我很少参与具体工作,但也经常参与一些事情的讨论。这些年,"三江源生态环境保护协会"在三江源及整个青藏高原组织实施过大大小小上百项有关生态保护的计划项目,在国内民间环保组织中声名显赫,影响深远。像索南达杰一样,"扎多"两个字也成为这个时代具有启示意义的一个符号。我有幸见证了这个时代。

除了在治多,有时候,扎多也住在西宁,和我住一个小区。我们两家中间只隔一栋楼。只要到了西宁,他都会到家里坐坐。一般都会选在晚上,这样就不会受其他干扰,可以敞开心扉静静地说话了。

扎多是个擅于语言交流的人,话语间总透着牧人的热情宽厚和风趣幽默,又因阅历丰富、视野开阔,每次谈话都能让人受益、受用。我们之间的话题大多因涉及青藏高原的生态保护而显得严肃,但这丝毫也不影响我们谈话的热情,而扎多总有办法在如此沉重的话题中恰到好处地插入一些诙谐的内容,让我们不时地放松心情,开怀大笑。尤其是讲到各种野生动物的故事时,他模仿动物的那些形象生动的肢体语言，总会令人捧腹。看他模仿棕熊和旱獭的那些动作时，我眼前总会浮现出一头棕熊和几只旱獭来，憨态可掬，交谈就会酣畅淋漓。

后来，随着协会运行不断走向正规化，我也几乎不再参与协会开展的活动，但是，私下与扎多本人的交流仍在继续。广义上，所交流的话题依然是青藏高原的生态保护，但其内涵越来越丰富，而不是单一的自然生态环境。话题领域更加宽泛了，所涉及的内容已经涵盖了自然生态和文化生态的全部。这一时期，我从扎多身上更多注意到的是一种人格的力量，一种吸引，因而共鸣，是为知己。

2018年初，"三江源生态环境保护协会"召开会员代表大会。扎多在电话里说，会上要选举产生新一届理事会，此后，他虽然还是理事会成员，但不再担任秘书长一职，也就是说，以后负责协会管理运行的将另有其人。他的原话是，要交给一位更有发展创新意识和执行力的年轻人来负责。嘱咐我，作为上一届理事会成员希望能够到会。

我去了，听了扎多对上一届理事会工作的报告，参加了新一届理事会组成人员的酝酿讨论，也听了扎多有关离职的表态发言。这些都是程序，没有任何问题。扎多不再担任理事会秘书长也很正常，说不定接替他的人比他更加优秀。扎多在发言时说，以后，他可能会回到家乡治多，去做一些这些年一直想做而没做成的事。听到这里，我突然意识到，一个时代就这样结束了。作为一个普通公民，不是任何人都有资格代表一个时代的，扎多可能是一个例外。

索布察耶

我们都同处于一个时代。

那一刻,我就坐在扎多身边。

我转过身,在他耳边小声说:"我走了,不必给任何人说。"

他点头。我离去。

扎多一直想做的那件事就是"索布察耶卓巴仓"的事。

再次抵达治多之后,一住下,我就去扎多家了。扎多一家现在不住在原来我去过的那个院子,而是住在那条小巷对面的另一个小院里。这虽然也是他们家的院子,却是一个临时的住处。小院里有一排老旧的瓦房,瓦房前面是一片草地,扎多两口子和两个女儿现在都住在这里。一家人见到我都显得很高兴,一一和我拥抱、贴面致意。扎多夫人博勒很快给我倒上奶茶,扎多就开始给我讲"索布察耶"和"卓巴仓"的事。

那天,扎西也在他们家里——一个杰出的藏族建筑设计师,虽然从未谋面,但对扎西的一些事我早已有所耳闻,甚至已经相当了解,通讯录里有他的电话号码,也知道他在城里住哪个小区的哪栋楼。

我知道,扎西毕业于清华大学建筑设计专业,我也见过他设计的作品在大地上所呈现的样子,其中位于果洛藏族自治州达日县的格萨尔狮龙宫殿给我的印象最深刻,以致我曾多次专程跑到现场看这座建筑施工建设的进展。我第一次听到扎西的名字是在玉树灾后重建的工地上，是中国规划设计研究院城市规划设计所所长、高级城市规划师邓东先生讲到的。记得，邓东是在讲到玉树灾后重建中那些特色区块所体现的民族建筑的自豪感时说到扎西的，说很多藏族建筑的元素都来自扎西。所以，我记住了这个名字。

有了这样的认识，见了面，自然也就不陌生，像是老朋友了。扎西到治多是来帮扎多完成一项建筑的设计和建造任务的，这座建筑与"卓巴仓"有关。

扎多和扎西共同建造的这座建筑就在扎多以前住过的那个小院里。扎多说，现在已经动工了，这几天一直在挖地基，很快就挖好了。还说，以前给你说过的那排旧瓦房的改造也已经开始了，墙面和屋顶部分的改造主体工程已经结束，剩下的都是细活。

我知道那一排旧瓦房，那都是20世纪六七十年代的房子，已经很破旧了。从20世纪末开始，扎多一家一直住在里面。治多县城虽然地处高寒偏远，但近些年的变化也称得上翻天覆地，俨然一派现代小城市的模样，到处是高楼，像这样的老瓦房已所剩不多了。可是，扎多一直舍不得把它拆了，觉得它毕竟是一座房屋，住了那么多年，对它有感情。拆了就成了垃圾，也是对资源的浪费。

所以，好几年前开始，他一直在琢磨，能否找到一个两全其美的办法：既能保住老瓦房，也能使它继续发挥一座房屋的作用？一个基本的思路是，在整体框架结构不变的前提下，对其外观和内部结构进行一系列装饰性改造,让它重新焕发生命力,其外观的基本格调不变,内在的使用功能却大大增强。有一段时间,我感觉,他已经想好要怎么做了,还跟我具体讨论过一些细节,可是,最终还是放下了。直到遇见扎西,一切才有了实质性的进展。

藏族人为人处事都讲缘分,一个"缘"字似乎能化解一切。同为玉树藏族,就是缘分。既然有缘,扎多遇见扎西当然也是早晚的事。遇见之后,扎多就给扎西讲"卓巴仓"的事,说这是他梦想中的牧人之家。扎多是一位具有演讲天赋的藏族人,此天赋在私下聊天时尤能发挥得淋漓尽致。无论是用汉语还是藏语,他都能让一些原本直白的词汇通过肢体语言和憨态表达心意,并获得意想不到的效果。所以,只要是跟扎多聊天,只要是他感兴趣的话题,只要他开口说话了,你只管竖起耳朵听好了,一般来说,没有个把时辰,他是停不下来的。期间,你只需在一些关键点上"嗯嗯呀呀"地吭一声。

我想,扎多第一次给扎西说起"卓巴仓"的事时一定也是这样。说着说着,听不到动静,扎多回头瞥了一眼,只见扎西已经热泪横流,继而泣不成声……后来,因为"卓巴仓",他们自然是要经常见面的,每次见面都免不了深入地交谈,偶尔也会有深入地争吵,甚至不欢而散。但是,我能感觉到,扎多已经影响到了扎西的人生,从长远看,那甚至是一种改变。

其实,我跟扎西此前也是见过的,也许是因为缘分未到吧,来去匆刻,彼此从未打招呼说过话。一次,在一个扎多和我都在现场的公开场合,扎西在发言时讲到了扎多和他的"卓巴仓"。讲到最后,他打开笔记本,说他要读一段日记。我记不清原话了,但还记得大致的意思。

扎西读道:此刻,夜已很深了。一直坐在沙发上说话的这个人(指扎多)已经睡着了,睡得很沉,不时有鼾声响起。我知道,他太累了。而我就坐在他旁边,一直盯着他看,看着看着,泪如雨下……说到此处时,我听到扎西哽咽了一下,打住了,没再往下说。深深鞠了一躬,便坐下了。

那一刻,我知道,扎多感动了扎西。

扎多曾感动过很多人,也曾感动过中国。有一年的央视"感动中国"年度人物评选活动中,扎多曾入选年度唯一公益人物。颁奖晚会上,当主持人读完授奖词,他身着藏袍晃晃悠悠地走上台时,我也掉过眼泪。

扎多,全名哈希·扎西多杰,地道的治多藏族后裔,此前,我也曾多次写到过他的故事。20年前,我在《长江源头是我家——扎多和他的江源生态经济圈构想》一文中这样写道:

"扎多是一个孤儿,他出生在长江南源一隅,他记不起自己准确的出生地,他记得的是江源那一片广袤的草原在他童年的记忆深处绿浪翻滚的样子。还记得,他几乎没有固定的家,他常常是今天住在这一顶帐篷里,明天就会跟另一户牧人一同去游牧。草原上到处是他的家,所有的牧人都是他的亲人。他想不起哪一户牧人与他最亲,印象中,他们都对他很好,给他吃,给他穿,给他住的地方。这样一种生活,使他在很小的时候就游历了整个江源大草原。那雪山、那草地、那源流、那碧草和野花、那飞鸟和猛兽,为他的童年镀上了一层厚重而神奇的色彩。那时候,也没觉着它们有多珍贵,而今想来,那些时光却是生命中最灿烂的部分了……"

"那时,我常常看见那些岩羊到牧人帐篷的毛绳上蹭痒痒,看见野牦牛走进牧人的牛圈,看见那些棕熊进到牧人的帐篷里捣乱……那时候,草原上捡牛粪的人常在草丛中找不到装牛粪的袋子……"

"到60年代(20世纪)中期,环长江源地区还基本处于无人区……成千上万的野牦牛、藏野驴、藏羚羊等高原特有物种还在那里悠闲自在,当时还组织民兵打猎队打野驴,人们挤奶用的桶是野牦牛的角,一岁母羊产羔、适龄母牛年年产犊的现象也很普遍……"

早在一年前,扎多就说起过,扎西正在帮他做这个设计,但我依然想象不出,他会怎样处理那栋破旧的老瓦房。

喝着奶茶,坐了一会儿,我们就去扎多以前住的院子里,看施工现场。进了院门,门口一侧堆放着一大摞废旧木料,那都是从老房子拆下来的,旁边还有不少建筑垃圾,大多是残砖烂瓦,也有混凝土块。这些都是扎多费了很大劲从一些建筑工地和人家里收集来的,以扎西最初的设计构想,原打算要用这些废旧物品做墙体建筑材料,建造一座房子,以节省资源,突出环保理念。可是,经过反复试验,这个设想很难实现。

再往里的院子里,已经挖出了一道道深深的地基沟槽,几个操着河州口音的汉子正往底层铺垫石头,有些地方露着管道接头的口子,看样子,地基已经挖好了。仅从地基的样子看,它更像是一个迷宫,纵横交错的沟槽将一片空地分隔成一个个大小不一的方格。扎多指着中间最大的那个方格说,这里将是一个有采光玻璃顶棚的大厅,它旁边的几个小方格分别是办公和睡觉的房间,而大厅另一侧的几个房间主要用来文化交流和"卓巴仓"牧人培训,是卓巴仓牧人书院的核心。

之后,扎多指着大厅一侧一个很小的方格说,这是属于他自己的一个私密空间。平日里,他可能会在这里打坐或冥想。到了最后的日子,他决定就从这里离开这个世界。听到这话,虽然我的心也猛地抖了一下,但我并未因此感到惊讶。在生的日子里,时刻想着死亡,这在藏族的世界里是一件很正常的事。

那排老瓦房的改造工程已经能看出一个大致的轮廓来。屋顶和墙体的加固也已完成，墙面上已经抹上了厚厚的泥浆，就剩粉刷了。最引人注目的是每间屋顶前面的瓦面上开了一个天窗，装上玻璃之后，阳光可直接洒落地面。但从外面看，它却像一座微型的小阁楼，使这座老式的旧瓦房平添了几分童话色彩。因为去掉了天花板，有足够高的空间，扎多还打算在天窗底下搭建一个小平台，白天可以躺在上面看书，晒晒太阳；晚上可以在上面睡觉，看看星星。这样，这个小空间就真像阁楼了。

据扎多的讲述，未来这里将成为整个"卓巴仓"计划的一个神经中枢。虽然，目前我还不能确定，"卓巴仓"计划最终呈现的样子是否就是牧人理想的家园和生活状态，但可以肯定，这是扎多的初衷。简单地说，扎多的梦想是要用一系列精确的科学设计，探索形成一个可复制和推广的发展模式，最终建成一个理想中的牧人社区。

从扎多绘制的一幅图示可以看出，这个计划的核心是"卓巴仓"，以此为圆心由里而外衍生出的三个核心圈，最里面一圈体现一核多元的格局，从左到右顺时针方向依次是乡贤理事会、特色游牧产品开发中心、社区守护地、游牧乡村社区服务中心、生态乡村旅游和乡村博物馆；其外圈依次是游牧人书院、生态人文乡土产业孵化、生态人文工作者培训、社会服务组织孵化、城乡融合交流、新型牧场、生态人文导读；最外层呈现的是"卓巴仓"实现的目标：乡风文明、产业兴旺、生态宜居、治理有效、生活富裕——这也是国家乡村振兴战略要实现的目标。

图示右侧列出了5条背景说明：1.进入新时代，我国社会主要矛盾已经转化；2.（当下）发展最不平衡的是城乡之间，发展最不充分的是农村牧区；3.（处于）推进城乡一体化发展的历史阶段；4.习近平新时代中国特色社会主义思想生态文明观；5.乡村振兴战略，培育新型职业牧人和新型经营主体。

图示左上角也列出5条补充说明：1.原生态游牧乡村典范建设（索布察耶合作社）；2.共建共享合作社联盟（新型经营主体）；3.乡村知识青年结伴服务（新乡贤与乡村人才培养）；4.游牧生态乡村综合服务中心（卓巴仓）；5.治杂（治多——杂多）公路沿线生态综合牧场（游牧文化深度体验线路及生态人文乡村产业）。

图示左侧中间部分还表明思路来源，并列有四位参与此计划合作设计专家的名字，他们分别是张孝德、蒋天文、赵滨和刘涛。其中张孝德是中国乡村文明中心主任，蒋天文是产业经济领域知名专家，赵滨是清华大学信息科学与技术国家实验室主任助理，刘涛是文化部新经济联合会实验室秘书处秘书。图示左下角是实施原则，共24个字：党委领导、政府负责、社会服务、公众参与、企业主体、法治保障。

这是一张蓝图，从它所透露出来的信息不难看出，这并不是随意罗列的内容，而是经过了仔细斟酌和反复推敲，其内在构架既相互关联也互为支撑。当然，作为一张蓝图，它最终要落在一片土地上，这片土地就是索布察耶，就是达森草原。这也是我为什么会选择去达森草原的一个重要原因。

有关"卓巴仓",扎多也做过一些描述。从他的文字看,"卓巴仓"是太阳、月亮、星星和母亲眼睛的居所。"卓巴仓"——每一顶黑色的牛毛帐篷,守望着青藏高原的每一个生灵、每一寸土地。"卓巴仓"是生命的家园,是亚洲水源地的守护天使。

他们还建了一个取名"亚洲水源地——新时代卓巴仓"的微信群,每天,扎多和"新时代卓巴仓"的牧人们都在上面讨论一些计划方案。前些日子,他们讨论的话题是推选"亚洲水源地新时代牧场"。在一份"道荣牧场"的计划书上,推荐人尕日扎西东周这样写道:2015年底,我回到家乡草原,带动一帮年轻人,计划建立一个青年生态牧场和牧场图书馆,带领当地居民和村里的其他孩子们,与外部世界建立良好的沟通和交流,为当地生态保护和可持续发展做出示范。这样,这个牧场不但会恢复(应该指退化草场的生态恢复——作者注),而且有游牧文化的价值和理念来引导人们。

这是牧场简介部分的文字内容,除此,这份计划书包括了创业动因、公益模式、行动计划、可持续发展前景等五个部分。其中"行动计划"部分有三项内容:1.生态牧场——无污染的牧场建设和无添加剂的畜产品开发(牦牛肉和乳制品),探索面向全国的销售渠道和方式。2.牧场图书馆——以学习传播传统文化和生态文明思想为主题,以草原牧民为主体,建设一个以实体图书馆为载体的交流平台。3.休闲度假牧场——内地城市游客在牧场体验藏族人的游牧生活,目前营地接待规划能力为两顶黑色牛毛帐篷和10顶白帐篷……

我仔细读过这份计划书,尽管上面的很多表述不是很准确(所以,在引用时,我对个别地方文字已经稍有改动——作者注),但其所昭示的内涵意义和时代特征却非常突出。我要告诉你的是,这份计划书出自一位普通牧人之手。虽然,我还无法想象这些计划实施之后,这个牧场所能实现的经济效益、社会效益和其他预期目标,但是,可以肯定,这样的想法在尕日扎西东周父辈和祖辈的心里从未出现过。这本身就是一大进步。

一直以来,我都认为,天底下最了解草原的人不是别人,而是牧人自己——也许还有他们牧放的畜群。也正因为如此,草原——牧人——畜群共同创造了灿烂的游牧文化乃至草原文明。它区别于海洋文明、森林文明和农业文明,当然更区别于工业文明和后工业文明。

虽然,我们通常会把草原文明归于农业文明的范畴,但是,游牧不是农耕,牧人也不是农夫。农夫要年复一年地翻耕土地,使任何一种天然植物都没有立足之地,好让大地长出同一种人类驯化培育的植物——庄稼或农作物,而牧人却要前赴后继呵护大地原始的风貌,好让杂草丛生的生态系统完好无损。

从这个意义上说,扎多和他的"卓巴仓"计划不仅是一项发展计划,更是一项保护计划。它要保护的也不仅是草原生态,更是游牧文

索布察耶的晚霞

化和草原文明。因为他们了解草原，也懂得牧人。

    一朵花盛开地老天荒

    谁能告诉我，那时谁站在旷野的尽头拈花微笑

    一盏灯点亮无边的黑暗

    谁能告诉我，那时谁在光明里凝视另一片黑暗

    一扇门关住一个世界

    谁能告诉我，那时谁在门里面呼唤另一个世界

    一扇窗打开一片寂静

    谁能告诉我，那时谁在红尘喧嚣处守着孤独

    一堵墙挡住一双眼睛

    谁能告诉我，那时谁在墙里面凝望前世今生的缘

    一条路连接未知的远方

    谁能告诉我，那时谁又在从未抵达的远方找寻回家的路

        ——古岳 **《谁能告诉我》**

扎多他们的微信平台也发布重要的政策信息，譬如《乡村振兴战略规划（2018—2022）》（全文）；还推荐有启示意义的好文章，譬如《三农问题归根到底是组织问题》《震撼！以色列农业影响世界的 12 种方式》《生态文明视野下中国乡村文明发展命运反思》……更多的时候，在交流他们的所思所想，偶尔，也会讲述身边正在发生的故事。

前几日，有一头鹿的故事感动过很多人。

那是一头小白唇鹿，它受伤后，得到一个叫更求然丁的年轻人的精心照料。后来，小鹿伤愈，也长大了。虽然，更求然丁舍不得离开它，但为了小鹿，他还是决定把它放回大自然。可是，当他把小鹿放回草原上时，小鹿却舍不得离去，一直围着他转，还一直盯着他看，像是担心一不留神他便会离它而去。他也不忍离去。最终，咬咬牙离开了，可他还是放心不下。从几段视频记录的画面看，随后的几天里，他每天都会去看小鹿，他一走进那片草原，小鹿便会急急地跑来，与他会面，好像它一直在草原上张望，一直在苦苦等待……

根据规划，未来的日子里，扎多他们要在达森草原及周边建设 108 个新时代卓巴仓·天堂牧场。文扎在微信平台留言说，他（扎多）的心灵世界里永远有一个"理想国"。"卓巴仓"是无量净土中的其中一个天堂。

扎多说，"卓巴仓"不仅要传承青藏游牧文明的核心价值，还要汲取人类以往其他文明的精髓，昭示人类未来全新文明的智慧。"卓巴仓"将在高天圣洁的雪域高原,孕育、催生并孵化出一个个众生和谐并真情温暖的天堂牧场。所孵化出来的每一个天堂牧场不仅是所有生命的天堂家园,也是青藏高原——亚洲水源的守护天使。"卓巴仓"的要素构架,一定要表达未来生态文明的价值理念和后现代生活的人文关怀。"卓巴仓"要吸收青藏高原日月山川的灵光和修行利他的人文精气,洋溢出母爱无私阳光的精神光芒。

扎多认为,面对人与自然、人与社会两大基本生存问题,青藏游牧人首要的问题是解决好人与自然的关系问题。人与自然、人与人、人与社会的关系要纳入尊重自然的轨道上,对这些问题的思考和解决,形成了游牧人关于宇宙、自然、人生的伦理道德价值观念和生产生活方式。而这种生产生活方式的核心是敬畏生命,善待万物。

但是,扎多自己也不确定,未来的"卓巴仓"计划会不会只是自己一厢情愿的一个梦。他说,如果真是那样,他也愿意继续把梦做完。要是那样——也许最后,他会在想象中呈现"卓巴仓"理想的结局,让它成为一个迷人的传说。

或者,就让它成为一个谜,让草原的子孙去破解。

我决定去达森草原时,扎多原本打算要陪我一起去的。因为,那些收集来的建筑垃圾无法使用,临时决定改用夯土建筑,附近却没有合适的黏土,需要尽快解决这个问题,他就没有去成。从囊谦请的一位藏族民间工匠要来帮他解决墙体建筑材料问题,那几天,他要跟扎西和这位工匠去寻找合适的黏土。

其实,直到我从达森草原回来,他们也没有找到合适的建筑材料。虽然,他们从当地找来了很多材料,譬如沙土、红土等,但经过模具中的反复试验,都不可行。还得去寻找——我想,他们总会找到的。

一个月之后,我在那个微信平台看到一段视频,卓巴仓中心的墙体已经起来了,看上去应该还是用红黏土夯的,因为我看到墙头上站着一排人在夯土。

在达森草原的那些天里,每到一个地方,我都在想一个问题:未来的"卓巴仓"在那个地方会是什么样子?在跟很多达森牧人谈起草原和牧人目前面临的难题时,我也一直在想"卓巴仓"将怎样化解这些难题?

虽然,扎多对未来"卓巴仓"前景的描述已经很具体了,但我依然无法用自己的想象将它呈现在达森草原上。因而,多少也会有一些担心,不仅是对扎多和他的"卓巴仓"计划,更是对草原和牧人的未来。

不过,我从未怀疑过扎多的用心,也从未怀疑过这样一种探索的意义。扎多所想到的那些问题正好也是未来的草原和牧人所面临的问题,也是整个国家和社会面临的问题,如何去解决这些问题,关乎草原和牧人的未来。扎多想通过自己的探索找到一个科学理想的社区发展模式,于国于民都是有意义的事情。

所以，他才决心回到家乡草原，去做这样一件事，这是他人生的回归之旅。归去之前，他已想好了归处：卓巴仓。

但那并不是一个地方，而是一个梦。

补记：不久之后，微信公众号"卓巴仓——游牧人书院"正式上线，分"牧场简介""卓巴仓""系列故事"三个板块记录游牧生活。我喜欢里面的那些故事，尤其是"系列故事"《与更多生命的链接》。故事讲述者自然是扎多，记录者则是扎多的小女儿德庆卓玛。简单地讲，故事的缘起是杰桑·索南达杰的牺牲，这件事对扎多的影响超过了其他所有的事情。此后不久，他就发起成立了"青藏高原环长江源生态经济促进会"，开始了他长达20多年的公益环保历程。

第一个故事发布的时间是2019年1月6日，到6月13日，已经讲到第13个故事——确切地讲，它还是一个故事，只是因为故事太长了，牵涉内容太过丰富，没办法一次讲完，不得不分成多次讲述，像连续剧。即使这样，到第13次时，还没有讲完"青藏高原环长江源生态经济促进会"的故事。我知道，它还会继续很长一段时间，因为，故事的主体部分尚未展开——也许这只是一个铺垫。接下来，德庆卓玛肯定会浓墨重彩地记录"三江源生态环境保护协会"的故事。我在心里说：孩子，不着急，静静地讲述就行，无须任何修饰。

每一个"故事"都是以"我们"两个字开始的，我想，这应该是扎多自己的主意。他不想让自己成为故事唯一的主人公，所以，父女俩没有用第一人称"我"而用了"我们"。也正因为如此，"与更多生命的链接"才成为可能。

故事里说：北方白色的藏羚羊与北方白色的水鸟之间，说不清谁对谁的恩情更大——母藏羚羊到北方可可西里的湖边产仔的时候，白色的水鸟就会来吃它们的胎盘；母藏羚羊却以吃白色水鸟的粪便来恢复身体。

生命与生命之间，除了故事，还有恩情。

糌 粑

应该说，作为藏族后裔，我也是吃糌粑长大的。

当然，因为生活在农区的缘故，一日三餐，除了糌粑，我们也有别的食物，比如各种各样的其他面食和蔬菜。到后来日子好过了以后，甚至糌粑已不再是主要的食物，很多人家里，一年四季都已经见不到糌粑了，放糌粑的小木匣也不见了。现在的村庄里，只有个别人家里还备有糌粑，也不经常吃，十天半月才吃一次，一般来说，都是在不知道该吃什么的时候才吃糌粑，平日里，都不吃糌粑。食物的结构也发生了很大变化，随着糌粑一天天淡出人们的生活，除了本地出产的各种面食和蔬菜，大米和各类以前闻所未闻的蔬菜也开始出现在平日的餐桌上。而直到20岁之前，我们家的餐桌上从未见到过米饭，甚至连西红柿、茄子这样的普通蔬菜也没见过。

我小时候却不是这样，几乎每家每户都备有糌粑。装糌粑的木匣子就放在炕头上，饿了，或者家中来人了，拿一个碗，放上几勺糌粑，再倒一点儿清茶，就着吃了，就能填饱肚子。如果喝的不是清茶而是奶茶，那就更好了。如果还有一小块儿酥油、一撮儿曲拉和一点儿白糖或甜萝卜干磨成的粉，那就很奢侈了——只有家境特别好的人家才有这些无比珍贵的好东西。所以，小时候，我几乎每天都会吃到糌粑，大多在早上吃，当然，也会有一天吃好几次的情况。正好饿了，而家里找不到别的食物，就只好吃糌粑。更多的时候，别说糌粑，家里什么食物都没有，就只好饿着，忍着。

我叔父小时候在老家小寺院当过僧人，其时，家境尚好，家里便给他置办过一个漆着清漆、边缘用金粉勾着回纹装饰图案的精致木匣，装糌粑。木匣是长方形的，有一个装着铜扣的抽屉，用手指钩着小铜扣轻轻拉出抽屉，就看到压瓷实了抹得光光的糌粑了。里面还放着一把木勺，是专门用来取糌粑的。取糌粑也有讲究，不能随意乱挖，而要从抽屉最外侧向下一层层用木勺小心地削，因为糌粑有黏性，且压得瓷实，削下来的糌粑就稳稳地贴在木勺上，一点儿也不会撒落。我叔父在寺院待了没几年，还俗回家，仍与爷爷奶奶住在一起。正好我父亲母亲与爷爷奶奶分家另过，这糌粑匣子就分给我父亲母亲当炕桌用，在我家里放了很多年。后来，虽然我叔父自己也有家了，但那木匣子还在我们家放着。直到很多年之后，他才突然想起这木匣是他的，就取走了，现在还在他家。只是里面装的不是糌粑，而是他自己的碗筷。每次回老家，我去看他，到了吃饭的时候，他就拉开抽屉，把自己的碗筷取出来，递过去盛饭。吃完了，洗干净了，他又拉开那木匣的抽屉，收起来。

尽管，那个时候的日子过得很苦，但我在达森草原的高山夏季牧场想起这一幕时，心里却无比温暖，因为糌粑，也因为那精致的木匣子。为什么我会在达森草原想起小时候吃糌粑的经历？

因为，在达森草原，糌粑又成了我最主要的食物，有时候，一日三餐都是糌粑。虽然，我也喜欢吃糌粑，但是，坦率地讲，糌粑从来都不是我最喜欢的食物。如果每天早上吃一次，我还是能接受的，尤其要出门走远路的话，早上吃上一顿拌酥油糌粑，一天都不饿。可是，如果一日三餐都是糌粑，一连吃好几天，还是有点儿接受不了，甚至可以说是无法消受。

可能长期在农村后来又在城里生活的缘故，太多摄入蔬菜和水果，肠胃变得娇气了。在达森的头几天里，身体也没有太大的不适应，但是，几天之后，肚子老是不舒服。也不疼，就是响，一阵响过之后，总想放屁。而藏族社会忌讳当众放屁，害得我总想往外跑。无论在屋子里还是在帐篷里，一听到肚子有动静，我都会突然起身，跑出去。身边的人都不知道发生了什么事，以为我身体不舒服，其实，我只想放屁，仅此而已。

后来，我自己判断，一定跟天天吃糌粑、喝奶茶有关。虽然，也不是每天的一日三餐都是糌粑和奶茶，但至少每天的早餐都是糌粑和奶茶。而且，即使午饭和晚饭吃的不是糌粑，是米饭或面食，也很少见到蔬菜，有时候，一连四五天，一片绿菜叶都见不到。除了酥油糌粑、奶茶、面食和米饭，就是风干牦牛肉，天天如此。其实，大部分中午和晚上，与我们毗邻而居的牧户女主人都会为我们精心烹饪一道大菜——粉条炖牛肉。这是达森草原的美味，如果不是顿顿都吃，而是偶尔吃上一次，你一定会百吃不厌。如果你只吃过一次，你一辈子都无法忘怀那美味留下的记忆。它将粉条和牦牛肉的筋道和咀嚼带来的满足感完美地结合在一起，妙不可言！

抵达迪嘎盖的第一天晚上，拉姆德钦为我们精心烹制的就是这道大餐。

拉姆德钦先盛了一小盘，放到我面前，我便往欧沙跟前推了一点儿，他就坐在我左侧，这样我们两个人都方便。拉姆德钦却又把盘子推向我，并说这是给我的，欧沙也赶紧帮腔："我还有，那是你的，吃吧。"随之又补充道，"粉条炖牦牛肉，这可是达森草原有名的美食，尝尝。"说着，又将了一下他的长胡子。拉姆德钦把一碗米饭递到我手里说："吃吧。"我用双手接过饭碗，把它放到桌子上，没敢先动筷子。

这时，给欧沙的饭也端上来了，我注意到他手中的米饭上面盖了一层粉条炖牦牛肉，但他面前并没有菜盘。之后，拉姆德钦给小贡拉措盛饭，是用一个小铁盆盛的，饭很少，上面也盖了一点儿粉条炖牛肉。她就站在我对面开始往嘴里扒拉。

只有我一个人面前放着一盘菜，我又把菜盘往贡拉措和欧沙跟前推了推，说了声"一起吃"，也开始吃了。我看到拉姆德钦没给他哥哥嘉洛盛饭，就忙说："嘉洛，你和拉姆德钦也吃啊。"他们都"呀呀呀"地答应着，却不见行动。

这时，我发现，拉姆德钦又在做粉条炖牛肉，才知道，她第一次做的都是给客人吃的，贡拉措是孩子，才得到了格外的照顾。而嘉洛和拉姆德钦都是家里人，要等到客人吃完了才吃。吃饭时，欧沙问了好几次："是不是很好吃？"我也不停地回答："好吃。"不是客套，真

达森之狐

的很好吃。

临吃饭时,东珠出去了,说是去邻居家送东西。前一天,他去了一趟县城,给邻居家捎了些东西。东珠回来时,我们都吃完饭了,问了一下东珠,他说已经在邻居家吃过了。我们坐在那里说话时,拉姆德钦在收拾碗筷。吃饭的时候已经是晚上9点多了,拉姆德钦还没收拾完,就已经过11点了。贡拉措开始有点儿闹了,不像白天那么安静了,还哭了一两声,应该是瞌睡了。我和欧沙起身告辞,回到帐篷时,嘉洛和东珠已经拉好了太阳能电灯。灯已经亮着。

其实,在去达森之前,我也想到了饮食上可能会出现的不适。临出发时,玉树州政府办后勤科为我准备了一箱蔬菜和一箱水果,原本还想多带一些进去。考虑到达森草原离治多县城也就不足百公里的路程,而且有一辆车,可随时去县城采购,到治多之后,扎多和欧沙他们也是这个意思,便作罢了。

我是8月1日中午到治多的,在路边小餐馆吃过午饭,欧沙带我去看了一下红宫遗址。红宫是格萨尔王妃珠牡的宫殿,确切地说是她出嫁之前住过的地方。我在当晚的微信里发了一组红宫遗址的图片,并留下了一段这样的文字:"下午专程到这个地方,是为寻觅一缕芳香,是为一个女人留下的一段记忆。这个女人叫珠牡,是雄狮大王格萨尔的王妃。这里是她出生的地方,传说,这里曾有一座宫殿,一座红色的宫殿。现在宫殿已无从寻觅,有的只是一个遗址……"

因为打算第二天一早就去达森,从红宫的遗址上回来之后,我得去见一下扎多,跟他们一家人见个面,说一声。可是,扎多建议我第二天先去一趟夏日寺,去拜一下秋松卧色活佛的灵塔,也去见一个人。说要去见的这个人对索布察耶和达森草原有他自己的认识,尤其对那里的野生动植物和文化遗存,听听他的意见,会对我有帮助。我觉得这个建议好,便欣然前往。

虽然,秋松卧色活佛生前,我们从未谋面,但对他一生的慈悲修为,我还是有所耳闻,甚至还有过间接的联系。2010年4月玉树地震之后,一直到2014年4月,有很长一段时间,我一直在玉树,完成《玉树生死书》这部作品。有一次去玉树时,因为高山反应,有一个礼拜的时间,每天晚上我都彻夜难眠。一天,文扎打电话问我的身体情况,我就把睡不好的事给他说了。当天晚上,他又打电话说:"我已经请秋松卧色活佛给你念了经,今晚你一定能好好睡一觉。"虽然,并未当真,但依然感动。也许是心理作用吧,当晚我真的睡得很安稳,而且,此后一段时间的睡眠一直很好。记得,其时秋松卧色活佛已经是83岁高龄的老人了。后来,一直有他的消息,最后一次听到他的消息是两三年以后的事,那是他圆寂的消息。

那天,我去见的这个人是夏日寺的一个僧人,也叫江洋才让,因为喜欢摄影而到处游走,拍摄过大量野生动植物的图片,尤其喜欢拍摄花卉植物。他说,他喜欢花朵。扎多说,这个季节他很少待在寺院,这两

岩石上的植物

天他感冒了，打点滴，应该在寺院休息，没出去。我们到夏日寺时，他果然在。

但这一天，他并未休息，一大早就出去了，到夏日寺后面那条山谷里去拍摄一种只有在这个季节才能拍到的花朵。因为听说了我们要来的消息，才特意从山谷里赶回来。

"拍到了吗？"我问。他回答说："拍到了，但不理想。"他还要去拍。

扎多让我去见他，是想让他与我同行，不仅是做伴，还能给我很多具体的指点。可是，他感冒尚未全好，而达森的海拔很高，他无法同往，便留下遗憾。

那时，我还没见过洛扎，也就不知道江洋才让的牛粪房里收藏着很多从冰川底下捡到的箭镞和动物遗骸，要不，定会去看看那间非同寻常的牛粪房。

那些蔬菜和水果就一直放在治多县接待中心的客房里，我原以为，这地方海拔高，上面还覆有保鲜膜，几天时间不会有事。每天我都会记着看一下，从外观上也没看到有什么不好的迹象。

一到达森，我就提醒欧沙和嘉洛，得记着把那些蔬菜和水果吃掉，他俩一边"呀呀呀"地答应着，一边又说，他们都不大会做菜，做菜的事就交给我了，我也"呀呀呀"地答应着，让他们放心。天黑的时候，我问欧沙，我是否该去烧菜做饭了？他回答，我们已经说好了，今晚先让拉姆德钦做，第一天嘛，得尝一下当地风味儿。第二天晚上就让我做。拉姆德钦就炖了粉条牛肉。

第二天一天，我都记着做饭的事，从午饭前开始到晚饭前，我一连问过好几次，直到晚上7点半的时候，欧沙才说，那你就准备做吧。我去隔壁房间里看那些蔬菜，这才发现，很多都已经坏了，连胡萝卜都已经腐烂了。只有菜瓜、豆角、茄子、蒜薹和绿辣子好像还能吃，虽然也有腐烂，但把烂掉的部分切掉之后，有一部分还能吃。

我就拣了两个菜瓜和一把蒜薹出来，让欧沙和嘉洛给我打下手，欧沙负责洗菜，嘉洛切肉，我来完成切菜和炒菜的任务。拉姆德钦把家里能找到的酱油和各种袋装的调料都拿出来，让我选。我粗粗看了一下，那些袋装调料大多来路不明，里面装的到底是什么东西也看不明白，其中有一袋是油乎乎的麻辣火锅底料，我没有丝毫犹豫，统统都舍弃了。这样就只剩下盐和酱油了，最后我只选了盐，以保证蔬菜和牦牛肉的原味。

第一道菜——菜瓜炒牛肉下锅的时候，已经过8点了。因为牛粪火很旺，菜瓜牛肉很快就出锅了。我用两个小盘把它分成了两份，放在火炉的边上保温。第二道菜蒜薹炒牛肉做好的时间，最迟也不超过8点半。为了保温，没出锅，连锅一起放在火炉边上。

之后，等待开饭。可是，拉姆德钦、东珠和嘉洛一直没有回到屋里，我催问了好几次，欧沙都说，还在挤牛奶。后来，我也不再问了。9点半左右，他们才回到屋里。可能是因为在炉子上放的时间久了，我觉

221

得两道菜原本所有的色香味大半已经没了。但是，他们都说好吃，都吃得很开心。于是，大家决定，以后做菜的任务都交给我了，我说，非常乐意。但实际上，在迪嘎盖的几天里，我真正下厨的经历只有这一次。

我第二次下厨是好几天以后的事。那时，我们已经离开迪嘎盖，来到了多彩河源头的玛可章同，属达森二队（社）的地盘，与迪嘎盖隔着一座大山的一条河谷。这座大山就是索布察耶，这条河谷就是多彩河谷的一条分叉。那是在瑙桑琼阿、更嘎才仁家夏季牧场的帐篷里。

因为前往多彩河源头途中，有一段山路上有信号，文扎给住在县上的原达森二社社长才仁扎西打了个电话，让他开车给我们送点儿蔬菜和挂面，他就带了很多东西来与我们会合。他带来的东西里没有挂面，却有一种产自湖北的袋装"手工牛肉拉面"的干面条，看着不错。于是决定，当晚要吃一顿像样的牛肉拉面，因为生于农区，主厨一角当然还是由我来担任。可能是我过分信赖藏式铁炉牛粪火力的缘故，我坚持没有用高压锅，而是用了一口普通的大铝锅——后来，才知道，这是一个错误，但无法补救。

瑙桑琼阿家除了他老两口、女儿才仁旺姆、女婿荣布·贡嘉小两口，还有卓玛央金、琼拉两个宝贝外孙女。我们去的那天，邻近的草原上有一个赛马会，瑙桑琼阿到那里逛赛马会去了，可能一两天之后才能回来。但家里还有好几个人，与拉姆德钦一家相比，瑙桑琼阿家不仅多了一个孩子，还多了一个女人和一个男人，因而这家的女人也没拉姆德钦那么忙了。

虽然，欧沙和嘉洛还是给我打下手，但烧水、洗菜的大部分事却是由才仁旺姆做的。牛肉丁丁和白萝卜片早已在锅里炖了，过一会儿，我就让欧沙去看看肉和萝卜能否咬得动。每次，他用铁勺捞出一个牛肉丁丁或萝卜片放在嘴里咀嚼，而后说还有点儿硬。差不多过了一个时辰，他还说硬，我不信，也去尝了一下，真的很硬，咬不动。再煮。又过了一会儿，大伙儿实在不想等了，就开始下面。面条下锅以后，我还让欧沙不停地捞出一根面条尝试，看是否已经好了。过了很长时间——至少也有半个时辰，他还说没怎么熟……

如此这般，面条盛到碗里时，已经是两个小时以后了。尽管我知道，高海拔地区，水的沸点低，在4500米以上地区的沸点大约在80℃，但我还是没想到煮一锅面条会用两个时辰。不管怎么说，我们还是吃上了一顿像样的面条。

说实话，这已经很奢侈了。那七八天时间，我们难得有这样的奢侈。大部分时间，糌粑、风干肉和奶茶是我们最主要的食物。有时，一日三餐都有可能是糌粑和奶茶。我老家一带会在奶茶里放盐，这里不是，他们放的是碱面。对那不咸不淡的味道，我既不排斥也不大习惯。

可能是因为有人到草原收购鲜奶，这次草原之行，我还发现牧人帐篷里的奶茶也没有以前那么浓稠了。茶里面调的鲜奶量大不如从前，因而味道也没以前醇厚了。这当然是我的感觉，我从不敢在牧人的帐篷里表露出这样的心迹,而总是夸赞奶茶的香甜。我肯定这绝不是言不由衷,也不仅是礼貌,而是出于感恩。因为,在他们那儿已经是最好的东西了,他们能把家中最好的食物和奶茶端给你,当满怀感恩。

所以,即使肚子"咕咕"作响的时候,当我把拌好的糌粑送入口中,再端起茶碗喝着奶茶时,我都会尽力在脸上显出无比满足和感恩的神情,甚至会让自己吃糌粑、喝奶茶的样子显得优雅一些,像一个真正的牧人那样。我知道,只有这样,主人才会喜欢,才会高兴。一个牧人在吃糌粑、喝奶茶或者骑马前行时,都显得很优雅,甚至高贵和洒脱。你想融入他们的生活,就得让他们感到你和他们并非异类,而是同类。

你必须学会他们的样子,才能由着自己的性子在草原上行走。而对我来说,这也不全是出于讨好或简单地模仿,而是出于真诚和回归。因为,我的祖先也和他们一样,都是牧人,他们生活的样子就是我祖先的样子。

所以,当我端起糌粑碗,让女主人往里面添奶茶时,一定会记着提醒什么时候该说声"好"。而后,轻轻吹一口漂在上面的酥油,再把碗口放到嘴边,屏住呼吸喝掉大部分奶茶,直到感觉剩下的奶茶刚好拌匀糌粑的时候才上手,坐直了身子,尽可能用娴熟的手法,拌好糌粑,并捏成一个拳头的样子,拿出来,再把空碗伸到女主人面前重新倒满奶茶。

女主人时刻注视着你的进展,只要看到你拌好了糌粑,就会提着茶壶来给你添上奶茶。这样,就可以就着奶茶吃糌粑了……

刻在石头上的文明史诗

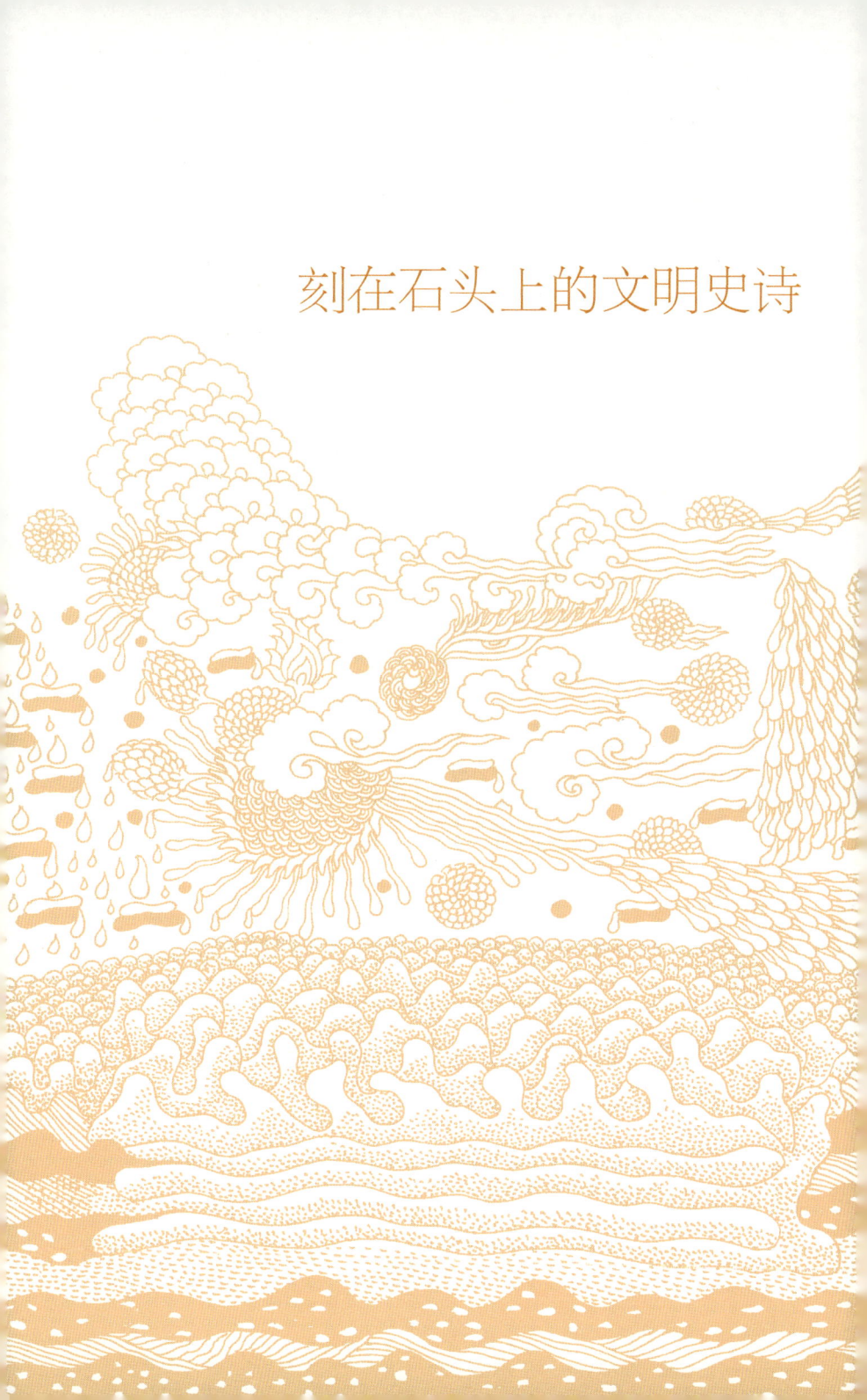

从恩钦曲上游河谷出来，回到杂多往治多的公路，一路往回，走不远，又回到了迪嘎盖草原，但是，我们并没有回到曾经的驻地拉姆德钦家跟前。我们在索布察耶神山前再次停下脚步，去看山前的那些嘛呢石。

至恩钦曲河边，雄伟的索布察耶突然收住脚，形成绝壁悬崖，皆层层岩石。悬崖底部又形成一岩石高台，都说那是山神身前的桌案。那些嘛呢石就在这桌案前的山坡草地上，有些散落山前，有些成堆供奉，大多分三五处集中成形摆放，整体呈方形，但也不是平铺在地，而是层层叠叠。

刻嘛呢经文所用石料，皆为当地石材，多为鹅卵石，表面光洁，色乳白，因而从大老远就能看到，像鸟蛋。又因为，堆砌所用时间久远，历经千百年岁月打磨，人为雕琢的痕迹日渐淡去，日月风雨天然滋养的圆融与饱满却更见光华。雕镌其上的每一个文字都像是原本就长在石头上的，且一直在慢慢生长，日渐成熟圆满，以致石头表面所有的粗粝和阴影都被岁月一点点抹去，只留韵致和光辉。

而石头与石头之间尚有缝隙，清风、雨露、岁月以及日月星辰的光芒都从那缝隙里自由穿行，荡去尘埃，唤醒土地和生命。于是，几株花草和几株灌类的枝叶就从那缝隙里探出头来，而后，青翠葳蕤，而后，摇曳婆娑。于是，便感觉那些石头亘古而来就是那般模样了。

文扎说，从这些石刻文字的形态变化看，大多石刻经文的形成年

达森旷野上的石头

代至少在300年以上，也许更早。而在那个时候，受生产生活条件的限制，当地既没有像样的生产加工工具，也没有充足的劳动生产力，要在一块石头上刻满文字是需要耗费很多精力的，也许十天半月也完不成一块很小的石刻作品——除了"作品"这两个字，我想不出更确切的字眼，当然，今天，人们一般都称其为"嘛呢石"。

嘛呢石，因大多刻有观世音菩萨的大悲咒"嗡嘛呢叭咪吽"而得名。其实，这个叫法并不准确，因为，并不是所有叫"嘛呢石"的石头上都刻着六字真言，很多石头上还刻着别的咒语和佛像，还有些石头上刻着整部的经文。只是，"嘛呢石"这个名字已经很流行，几乎到了约定俗成的程度。

以前，遍布藏地山野河谷的那些嘛呢石都不是很大，在一块石头上刻上六字真言或一尊不大的佛像是完全可以的，但要在一块石头上刻上整部经文是不可能的。要刻整部的经文，需要很多的石头，一块接一块地刻下去。我在索布察耶周边山野看到的大多都是这种嘛呢石。

离开索布察耶山前的嘛呢石堆，在去黑湖的路上，沿途也看到了很多嘛呢石。第二天早上8点，我们再次把帐篷和行李装到车上，告别贡桑一家，告别坛城穹宫籁，继续前行，像转场的牧人，更像到处流浪的吉卜赛人，只是我们没有畜群可以牧放，也没有乞讨、占卜或表演的本领。

从穹宫籁谷口出来，我们去寻找一座叫南多寺的古寺庙遗址。转了一大圈，似乎已经走近这座古寺庙曾经的所在，有好几个地方都有点儿像，却依然不能确定其具体位置。因为，我们并未找到有明显痕迹的建筑遗址，我们所找到的还是嘛呢石。一片分布区域更广、数量更为惊人的嘛呢石。

它们一块块镶嵌于山野草地，一片片、一层层成方形或塔状摆放供奉于人迹罕至的莽原，静静地守候着天地苍茫。即便只是远远地看一眼，都能让你无比震撼。如果再走近了，躬身于那些石头和文字，就会令你灵魂出窍。

我们先是走近那条蜿蜒清澈的小河，河边开满了金黄色的花朵。河水不是很大，有石凸出河水。我们下车，从那里踩着石头过河，而后走上一个带有垭口的小山头。山头长满了灌丛，站在那里俯瞰小河，河岸之间拉着一道经幡。山头和垭口处，用嘛呢石垒砌而成的小石塔静静耸立。

小河源出一条险峻的峡谷，看进去，潺潺流水之侧，一派幽静，恍若世外。看到我流连的神情，文扎说，暂且看一眼，等有时间，我们再到这峡谷小住几日啊。还说，有时间了，他会在这小山坡上，用石头和木板盖一间小屋，当我们的创作基地。还说，在这样的地方写出来的文字，一定会超凡脱俗。便神往，仿佛小屋已然落成。

从那个小山头，顺时针步上更高处时，我们看到很多零星摆放的嘛呢石。也许那石头并非是摆放的，而是它原本就在那里，因为，那

达森旷野上的石头

些石头一般埋在土里，露出地面的部分与地表浑然一体。

有一天，有人来到这石边，蹲下来，在上面刻下了那些文字。石头并未挪动过，只是从此上面多了一页经文，让山风和高天流云千百年诵读。我在随意走动时留意到，其实，整个山野几乎所能在地面看到的石头上都有经文，显然，其中的很多石头原本就在那里。于是想象，当初发愿刻这些经文的人，一定是动过这样的念头或说过这样的话：只要看到石头，就在上面刻上经文。只看石头，不计其数。如是，千百年之后，青藏高原很多地方，几乎能刻字的石头上都刻满了经文。如果这是一种功德，确乎无量。

又往前不远，我们才看到了那些布满一面山岗的嘛呢石，而且，从其摆放的形态和文字内容看，这个地方的嘛呢石不仅类型更为丰富，而且更为精致，雕凿细微处透着匠心智慧，满目锦绣。

虽然，这一带也有大量刻着"六字真言"、佛像和别的咒语的嘛呢石，但有些地方，满山坡密密麻麻的石头上都刻着整部的佛经，譬如《金刚经》和《药师经》。由此我猜想，如果对青藏高原的石刻佛经做一次详细的调查，也许我们会发现，几个或多个地方的石刻佛经合在一起就是一部《甘珠尔》或《丹珠尔》，而《甘珠尔》和《丹珠尔》合在一起就是整部《大藏经》。

《大藏经》是佛教经典的总集，在现存汉文经录中，后世普遍认为，以唐代智升的《开元释教录》最为精详，共收录当时已流传佛经

5040卷。它以梁周嗣兴《千字文》编号，每字一函（又称一帙），每函约十卷。自"天"字至"英"字，共480字，计480函。历代刻藏，相沿不改，使汉文大藏经的规模基本定型。如将汉文译成藏文，即使卷数不变，其页码体量至少还会增加近一倍，甚至更多。

所以，历史上那些著名的藏经阁或藏经楼，专门用一座宏伟的建筑来收藏一部《大藏经》。而如果把整部《大藏经》刻于石头，每页经文均可独立成函，这将会是一个怎样浩瀚的规模呢？几百上千块石头才有可能刻完一卷经文，成千上万块石头才有可能刻完一函经文——千万、亿万块石头也许才有可能刻完一部《大藏经》。

而那山野之上，并不是所有的"嘛呢石"上都刻着整卷的经文，还有大量的咒语、祈祷文和佛像，其数量更为惊人。崖壁上、河水溪流、草地灌丛……到处都有这样的石头。

而在青藏高原，不止一片山野、一条山谷、一个地方有这样的景致。只要有人群栖居的地方都有这样的经文石刻，甚至很多已经无人栖居的荒野、河谷和山崖也有这样的石刻。像拉萨周边、玉树结古和囊谦、果洛班玛、黄南泽库、川西甘孜和阿坝等地的一些嘛呢石堆已经堆到了令人叹为观止的境地，譬如嘉那嘛呢。

据说，嘉那嘛呢是世界上最大的一个嘛呢石堆，已载入吉尼斯纪录。堆放在那里的嘛呢石已经超过二十七亿块，每一个石块上的经文和佛像都承载着很多美好的祈愿，刻满了每一位堆放者对生命万物的祝福。这说明那个小小的高原村寨里至少堆放着数十亿个美好的心愿，全中国的每一个人都至少可以分到两个以上美好心愿，说不定，全世界的每一个人都可以分到一个，甚至更多。虽然难以用语言去描述那每一个心愿，也无法揣度这每一个心愿最初发愿时的情景，但是，可以肯定的是，那每一个心愿都曾缘起利他之心，这是佛教徒发愿守戒的一个基础。如此想来，如果这些石头真的能化作一种功德，这该是一种怎样的功德呢？所谓无量功德，说的是否就是这样一种功德呢？

——古岳 《从勒巴沟到嘉那嘛呢》

于是，眼前就出现了这样的景象：一片山野布满了无数的石头，或垒砌堆放，或成形摆放，远远望去，疑似早已干涸的远古河床，走近了才看清，青草掩映处，已长出青苔的每一块石头上还有文字，历经千百年岁月，一笔一画都透着光芒，像是前世的月光。

有一片山坡草地上成方形摆放着数百块大小不一的白石头，大多石头跟洗脸盆那么大，有比这大的，也有比这小一点儿的。文扎说，这大部分石头上刻的是整部《金刚经》，而且还是用梵文刻上去的。它旁边还摆放着数百块白石头，上面刻的是《药师经》，其中也夹杂着刻有"六字真言"和别的咒语的经石。有些经石上还有落款,落款还表明了经石刻者的教派,记得有噶玛噶举和萨迦派,也有格鲁派信徒。

蹲在一大片经石边上,文扎指着一块刻着六字真言的嘛呢石,让我注意"吽"字(音)头上读作"南达"的日月图案及其上方细细的三道小弯儿和它的顶尖儿。说这三道小弯儿象征着人死后面临的三种境遇,最后会出现一种蓝光,而后是无边的黑暗。得法的高僧此时会借着那蓝光进入空心,从而虹化解脱,尚未洗清罪孽而不入法者则堕入无边黑暗,进入六道轮回。文扎说,这是梵文才有的写法,这种拼写方式最迟在300年前就已经从青藏高原上消失了。

其字体敦厚朴拙、饱满圆融,拼写流畅飘逸,无论是整体气势的挥洒自如,还是单个字母细枝末节的精雕细刻,均一气呵成,超凡脱俗。这等功力造诣非普通牧人所能为之,当是一代高僧智者的圣迹,实属文化瑰宝。

如果我没记错的话,唐玄奘译《金刚经》的字数超过了8200字,《药师经》的字数是5388。要是把它译成藏文,可能还会经过先从古汉语到现代汉语再到藏语的两次转换,其藏译字数至少会增加三分之一,甚至更多。历史上的汉译佛经都是用古汉语译成的,字数比原文已大大精简,而且还删减了不少过程性的文字,估计梵文《金刚经》原文的字数远在汉译之上。而大多藏文佛经都直接译自古梵文,且未做任

达森旷野上的石头

何删减处理，字数一定会更多。

为此，我特意请教过藏学专家，他们给出的回答说，藏文《金刚经》的字数是10517（或单词）。加之，藏文字不像汉字，是象形文字，每个字或单词所占用空间更多，书写10517个藏文字，其书写规模相当于20000余汉字。

而石刻的经文则不同于用笔在纸上的书写，它用的是刻刀、铁锤、凿子和坚硬的石头，每一个字母的每一笔都须经千锤百炼。石刻经文甚至比翻译经文还要艰难，翻译需要的是逐字逐句的推敲和斟酌，石刻则需要丝丝缕缕地雕镂和锤凿。每落下一锤都得仔细端详，不能有丝毫的差错，一锤、一凿、一刀都得恰到好处才行。

汉语中有一个词，金石，其本意就与石刻技艺有关。所以，才有"精诚所至，金石为开"之说。所以，在以前，即使在一块很小的石头上刻上"嗡嘛呢叭咪吽"六个藏文字，只要精雕细镂，没有几个月时间是刻不好的。那么，要刻出一部《金刚经》需要多长时间？要刻出一部《甘珠尔》需要多长的时间？要刻出一部《大藏经》又会需要多长时间呢？

无疑，那山野就是一座莽原上的露天图书馆，或石刻图书博物馆。因为，说白了，任何经卷都是书卷，刻在泥板上是泥版书，刻在竹板上是竹简书，印在纸上是纸书，刻在石头上就是石书。

因为精神信仰的内涵和品质，这些石刻作品一直都是精神世界的产物。仅从文化或艺术形态上看，它与云冈石窟佛像或莫高窟壁画具有同样的文化价值和历史意义。从这个意义上说，迄今为止，我们也许大大低估了青藏高原藏地石刻文化遗产的世界意义，甚至全然忽视了。其存世规模之宏大、分布地域之辽阔、刻凿历史之悠久、参与人数之众多、存世数量之惊人，堪称世界文化奇观。

除青藏高原，整个地球，再无他处。吉萨高原的古埃及金字塔、秘鲁荒原上那些巨大符号和几何图形、复活节岛上那上千座巨石雕像……是同一个时空、同一种地球文明在不同地域的另一种存在。相比之下，地球之巅的青藏高原所呈现的是一种更加丰富多彩的文明形态，是天人合一、人与自然和谐相续的卓越风采。

也许，我们真应该对整个青藏高原的佛教石刻文化遗产进行一次详细的普查，并对其产生的年代、分布区域、形态类型等展开多学科系统研究，继而从民族文化生态多样性的层面加以珍视和保护。别的不说，我想，它至少够得上世界文化遗产的品级。而且，以中国现在的国力和国际地位，也完全可以实施这样一项宏伟的文化工程。因为，如此宏伟的一项文化工程必将与一个伟大的时代相映生辉。

人类文明初期，在造纸术、雕版印刷和活字印刷技术出现以前，人类也曾在陶片、甲骨、竹简（木简）、树皮、贝壳、泥板、绢帛或石板上试着书写自己的历史，从而几千年之后，我们还有幸目睹文明最初的模样。纵观世界历史长河，全球范围内如青藏高原藏民族这般在

达森旷野上的石头

石头上大规模书写文明的现象还从未出现过，那每一块刻有文字的石头其实就是一页文明的经典——至少也是一页文献典籍，一部刻在石头上的文明史诗。还因为，每一块石头的大小形状都不一样，找不到两块一模一样的经石，那每一块经石，都堪称孤本和绝版。

据考，世界上最早的书籍出现于中国的商代，距今有 3000~4000 年的历史，这些书籍都是用竹子或木头做成的，史称"简"，竹简或木简。简有长短，最短的只有 5 寸，写一部像《易经》《孙子兵法》那样的书，需要用很多简，把这些简编连起来就称"册"。有一种说法称，中国最早的书籍是三坟、五典、八索、九丘，被认为是已消失的昆仑文明时代的记录。坟的古义有高地的意思，典乃制度仪轨，索与结绳记事有关，丘或有九州之意，与诸石器文明中心有关。

随后，最早的图书馆也许就已经出现了。从考古发现的情况看，可能最晚至公元前 7 世纪，在两河流域的美索不达美亚平原、中国的黄河长江流域和埃及尼罗河流域，已经有了世界上最早的图书馆。

1849 年，英国考古学家莱尔德在两河流域尼尼微城的废墟上发掘到大量泥版书。那些刻在泥板上的文字，每一笔的起头都很粗，而后由粗变细，到笔画末尾时已经很细了，一笔一画呈楔子形，故被后世称之为楔形文字。泥板上写着叙事诗、祈祷文、商务记录、贡品清单、行政命令、天文资料等，大多刻有主人印记，有些标明了来源或出处。泥板数量达 25000 多块，其中的 2000 块现藏于大英博物馆。据考证，这是公元 7 世纪一座宫廷图书馆的遗物。

1993 年，中国沙洋县纪山镇郭店一号楚墓出土的楚简，也是一次轰动世界的考古发现，共出土 804 枚简，其中有字简 726 枚，简上字数超过 13000 个。经古文字专家研究鉴定，均为先秦时期典籍，计 18 篇。著作涉及儒道两派，其中包括《老子》(甲乙丙) 三篇和《太一生水》等，当属秦始皇焚书坑儒之后劫后余生的宝贵经典。郭店楚简被认为是世界上最早的原装书籍。

尼尼微古城泥版图书和郭店楚简无疑是世界上最早的图书馆遗迹，是那个时代的伟大创举——也许是有史以来最伟大的一个创举。图书馆的出现，为世界各民族间文化的交流展现了前所未有的广阔前景，人类文明由此翻开崭新的一页。

当然，即便如此，我们也不能将尼尼微古城泥版和郭店楚简与现代图书馆同日而语。很显然，无论是尼尼微古城泥版还是郭店楚简，均为皇家私产，与普通民众的阅读需求无缘，而大众阅读则是现代图书馆的一个显著标志。由此也许可以断定，现代意义上图书馆的出现一定是很久以后的事。那时，批量的印刷装帧已经成为可能，书籍材质也许粗陋，装帧印刷工艺也算不上精良，但因为有了规模化的加工生产，让图书从宫廷进入民间成为可能。

从这个角度进一步打量，我们也许会看到一条长长的阶梯，那是人类文明的阶梯，而筑成那阶梯的正是书籍，其材质是智慧和慈悲。

所以，高尔基说，书籍是人类进步的阶梯。人类文明的脚步正是踩着那阶梯，一路走来。浩如烟海的书籍一部部、一摞摞码放着、垒砌者，铺就了一条坚实的光明大道，照亮了无边的黑暗。而点亮那光明的却是一颗颗伟大心灵的灯盏和星辰。

假如，从这个角度重新打量青藏高原不计其数的那些石刻文字和经石，我们也许会重新掂量它在这个世界的分量。在时间意义上，它已然流淌成了一条大河，浩浩荡荡，纵贯千古；在空间意义上，它又耸立成一座宏伟的殿堂，旷古烁今。

像一座巨型图书馆，天空和大地都是它的背景。

风吹过，满山岗的经幡猎猎飘展，那是一种念诵；水流过，满河床的嘛呢石淙淙欢唱，那也是一种念诵……

那么，那布满莽原的经石呢？云飘过时在念诵，雨雪飘落时在念诵，花草摇曳时在念诵，鸟儿飞过时在念诵，岁月流逝时在念诵，日升月落和星光洒落时在念诵，浩荡的苍穹和绵延的大地山峦也在念诵。假如，我们能听到这声音，那一定是排山倒海般磅礴的声音，也一定是细雨润物般轻柔的声音。

或许，那布满山川莽原的石刻本身就是苍穹和星空。如能从夜空俯瞰，或许也能望见一派浩瀚灿烂。斯曰：文明。是照耀大地的星光。

石头原本也是冰冷的，但因为那些文字，便也有了心灵的温度。文字原本是人类创造的一种符号，但因为那些石头，便有了大自然内

241

在的品质和光彩。所以,卡莱尔说,书籍中横着整个过去的灵魂。所以,我说,图书馆是有史以来所有伟大灵魂真正的居所。

所以,博尔赫斯说,如果有天堂,那应该是图书馆的模样。

读到这句后,我曾试着想象,是什么让伟大的博尔赫斯做出如此赞叹?应该不是图书馆的建筑,至少仅有建筑是不够的。如果没有了那些图书,即使再宏伟的建筑,它也只是一座房子,尚不能让它与天堂相提并论。但是,如果一座宏伟的建筑里到处都摆满了图书,情形就不一样了。

假如,这座图书馆不仅有宏伟的建筑,而且还有数量惊人的藏书,历史也足够悠久——像亚历山大图书馆一样,那么,这样的图书馆就堪与天堂媲美。因为,它里面供奉着人类历史上所有伟大的心灵,它们灿若星辰,在每一页书卷的字里行间闪耀着思想智慧的光芒。

而假如,这座图书馆的模样不像是一座建筑,而像是一座高原,所馆藏图书也不是印刷品,而是一刀一凿刻出来的石书,那又会怎样呢?而假如这高原还不是其他,而是地球之巅的青藏高原,那么,它又会是什么模样呢?

牧人·羊·畜群和日子

达森牧人

牛羊一直如云朵般在山岗飘浮

马儿一直在河边草地上啃着青草

远处的牧帐里一直有炊烟升腾袅袅

悠扬的牧歌一直从更远的地方响起

因为,他们是牧人

那时,我的祖先们从一片草原走向

另一片草原。在一片没有路的莽原上

他们所找寻的只是一个方向

一个不断迁徙和漂泊的方向

而后,启程。不断迁徙

无论出发还是抵达都是漂泊

他们从很久以后思念遥远的岁月

又从遥远的岁月里回想更遥远的往事

唯一所能确定的是,他们永远不会停下脚步

也不会在某一片陌生或者熟悉的地方

停留很久。把自己固定在任何一个地方

从任何一个地方的任何一个方向

他们都能望得见远方摇曳的牧草

而故乡的土地一直在他们的脚下伸展

即使他们已经离开了很久

他们也从未忘记过曾经的家园

因为,他们是牧人

他们一路迁徙时

一直带着所有曾经栖居的地名

一直带着所有曾经信仰的神祇

还有祖先的传说和子孙们可能的念想

只要视野中还有雪山和草原

他们就可以安顿自己的心灵

和住在心灵里的众神

就可以把所有经过的地方都变成故乡

在无数的山岗上抛洒同样的风马

在无数的草滩上飘送同样的炊烟

即使从不同的方向走到天边

他们也不会走散

因为，他们是牧人

有一天，等他们的子孙继续迁徙时

只要他们依然带着地名

依然认得祖先们在天地间留下的神秘标记

他们就能分辨出祖先们迁徙的路

找到曾经离开或抵达的地方

因为，他们是牧人

——古岳 《牧人》(节选)

很显然，牧人的世界正在发生微妙而深刻的变化。

我们是在前往索布察耶的半道上，遇见嘉洛说起过的那群羊的。

远远地看见羊群之后，我发现原本往前行驶的福田皮卡突然改变方向，急急向羊群方向驶去。因为有汽车疾驰而来，一刹车，停在了跟前。羊群多少受到了惊扰，一起抬腿向远处跑去。

羊群的主人郭西·琼嘉和他的三条西藏牧羊犬也紧跟其后。郭西·琼嘉是因为看到车停在他身边之后才停住脚步的，看见主人停下，那三条牧羊犬也停了下来，把长长的脖子伸向汽车，歪过头来装腔作势地叫了几声，像是例行一道必要的程序。等郭西·琼嘉与我们照面之后，它们就趴在草地上看着我们。

这是我在整个达森草原唯一看到的羊群，共有180只绵羊和几十只山羊。郭西·琼嘉说，整个达森草原现在只有两三户人家还养着羊，达森一队就他一户。人少或有病人的家里，都没有羊了。这是牧区，羊还没有农区多——我老家在农区，我们村上至少也有三五百只羊。

因为有狼，羊群得一直有人看守，白天黑夜都不得消停。在放牧时尤其得时刻警惕，稍不留神，羊就会被狼叼走。前几天，他就眼睁睁地看着一只绵羊和山羊被狼咬死了。昨天，去放羊时，一头狼也来攻击羊群，幸好他就在跟前，否则，又有羊会被咬死。

为了羊群的安全，他才养了那三条西藏牧羊犬。尽管它的个头比不了藏獒，也远没有藏獒凶猛，但它比藏獒更加机智灵敏。除非面对面厮杀，否则，再凶猛的藏獒也不是狼的对手。远远看见狼时，藏獒顶多只会大声地喊叫几声，吓唬一下了事——那还得看它有没有兴致。

有时候，它只是眯着眼，轻蔑地瞪一眼，而后，又若无其事地趴在那里一动不动。因为，它很清楚，一头狼奈何不了它。所以，藏獒从不会主动攻击狼。杨志军先生的《藏獒》是神化了英雄形象，而非真实的藏獒。

但是，牧羊犬不同，尤其是西藏牧羊犬，它会主动出击。夜里，只要把几条牧羊犬放在羊圈跟前，你便会发现，一整夜，它们都不会躺下睡着，而是围着羊圈一圈一圈地巡视，守护着羊群。如果发现有狼群，它们应付不了，就会狂吠不止，把主人惊醒，一起迎战狼群。直到天亮了，主人都起来了，它们才会卧下来休息一会儿。去放牧时，远远看见有狼，只要你喊一声，它会立刻飞奔出去，把狼赶走。

以前，郭西·琼嘉的羊群比现在要大一些。因为他家的冬季草场小，草不够吃，去年他卖掉了60只。这两年羊的价格还可以，一只好的羯羊可以卖到1500元左右，中等的也能卖到1200元以上。

他有三个儿子、三个女儿，两个女儿已经出嫁，一个儿子也已成家，住在达森四队（社），小女儿9岁，在县城希望小学读书，由亲戚照看。与他老两口在一起的两个儿子，这两天，一个在卡子上病了，正值采挖知母的季节，为了不让外面的人进入草原采挖知母，保护草原生态，知母产地牧人自发组织在各主要路口设了卡子；还有一个儿子在三江源国家公园做公益性岗位的生态管护员。这一天，他妻子也正好不在家。牧羊的事只好他一个人操心了，担心一个人照看不过来，

路遇西藏牧羊犬

他让邻居家一个小伙子过来帮忙，说是一会儿就到。

郭西·琼嘉说，本该请我们到帐篷里坐坐，喝杯茶，可是羊群跟前不能没人，他一时半会儿也找不到人来照看羊群，我们只好在羊群附近的草原上站着说话，一边说着话，一边看着羊群。

说话间，一个人从远处向我们走来，郭西·琼嘉回头看了一眼说，他来了，那个小伙子。郭西·琼嘉说，可能是这几年雨水比以前多了的缘故，草原上的毛毛虫也突然多起来了。不过，有羊群的地方，老鼠没有别的地方多。他说，羊在奔跑时，会踩死很多的小老鼠。有人甚至说，羊有时候还会吃老鼠。棕熊也好像比以前多了，旱獭却比以前少了。河里的水也比以前小了，今年只涨过一次，人都能走过去。

文扎说，以前恩钦曲的河水很大，只有体型健壮的驮牛才能过去，孩子们要过河时，都是驮牛驮过去的。与此同时，草原上的牧草也不如从前了，花朵也没以前好看了。郭西·琼嘉指着身边的草原说，以前这一带草原有很多小湖，现在都没有了。那些小湖的消失好像与恩钦曲河水的变化有关，河水上涨次数多的时候，那小湖里也会有水。

郭西·琼嘉说的毛毛虫是一种软体生物，形如蚕蛹，黑色的，阳光下透着亮，蜷缩在草丛中时，不像虫子，更像一颗颗黑黝黝的树莓。

在说到狼和毛毛虫时，他显得很忧虑。"以后会怎么样？谁也说不上。从我自己讲，还是想把羊一直养下去。丢掉了可惜。舍不得。"郭西·琼嘉叹了一声接着说，"如果有一天自己老了，照看不了，再说吧。"

郭西·琼嘉与文扎是一起长大的，只比文扎小两岁。以前，他们两家住得也很近，都在索布察耶小王子山下。郭西·琼嘉喜欢文扎父亲的那匹马，几次到他们家时，文扎父亲还让他骑过那匹马，所以，他也喜欢文扎的父亲。

郭西·琼嘉和文扎想起了很多小时候一起在草原上玩耍的事。因为那些美好的记忆，很快，他们也把一种快乐传递给了我们。顿时，草原上只剩下了欢声笑语。他们讲到了一种弹石子儿玩的游戏，为了让我听明白，他们在草地上画出一些简单的图形，捡来一些小石子儿给我演示。我看明白了，甚至现在也能演示给你看，但依然很难用简洁的语言加以描述，至少很难用我的描述让你看明白。他们还讲到了一种掷骨头玩的游戏，同样很难描述。

很多以前的游戏都是这样，玩起来很迷人，也很有趣，但要是讲起来就索然无味，精彩的是那个过程，因为它有变数。即使大家都熟悉的老鹰捉小鸡和丢手绢也是这样，一起玩的时候都会哄堂大笑、前仰后合，而要让你讲述，几句话完事，谁也不会笑的。不像现在的电子游戏，无论有多大的变数，其情景模式却是固定的，甚至玩伴也是虚拟的、假的，你永远无法把它搬到真实的世界里。

索布察耶小王子山

他们还想起了很多老人们讲过的故事，说以前的老人们都喜欢讲故事给孩子听，家里来的客人也会讲故事，好像那是所有客人都必须做的一件事。现在，已经没人讲故事了，会讲故事的人也没有了……草原牧人是一个喜欢故事的人群，喜欢讲，也喜欢听。没有故事的草原，会感到寂寞。

之后，我们与郭西·琼嘉告别。他转身走向远处的羊群，羊群可能也看到了主人正向它们走去，发出"咩咩"的叫声。我突然想起，天底下羊儿的叫声都一模一样，没有丝毫分别。多日之后，我在微信上也写过类似的话语：

> 我看到一只墨西哥山羊
>
> 它的叫声和我老家的山羊一模一样
>
> 不过，我确信一个墨西哥人
>
> 肯定听不懂我老家的方言
>
> 当然，我知道，这并非真理
>
> 跟信仰也没有关系

在萨通巴的那天早晨，我们发现，一头牦牛在我们吃饭的一个铁碗里拉了一泡牛粪，碗放在帐篷门口的草地上。文扎说，这是好兆头。我问为什么，他回答说："你想，这多不容易啊，简直千载难逢。即使在牛圈里放一个碗,牦牛也很难把粪拉到里面的。"即使很糟糕的事,文扎都能看出它吉祥的一面。

后来,都坐在嘎玛丹尖家的帐篷里吃糌粑说话,他妻子南色一直在热情地招呼我们。这一天,这一带十几户牧人请一位活佛在金子沟扎帐篷念经,嘎玛丹尖也要去。时间已经不早了,他得早点儿赶过去迎接活佛。我注意到,他穿着节日的礼服,是盛装。

嘎玛丹尖有三个女儿,小女儿今年8岁,开学就送去上学。大女儿卓玛措毛在县民中读书,开学升初中三年级。二女儿巴桑措毛14岁,没有上学。我小心地问,这对巴桑措毛是否公平?文扎说,草原上的孩子,只要她自己觉得开心,就不会觉得有什么不公平。我又说,她小时候也许不觉得,要是长大了呢?文扎说,得有一个孩子生活在父母身边,都走了,以后就没人陪在父母身边了。也是。也许能一直陪在父母身边生活原本也是一件幸福的事。我没再说什么,可心里还是为巴桑措毛感到委屈。

对一个孩子来说,命运之类的问题并不是他们能把握和思考的事,但是,在一些紧要的人生关头,父母是否就一定有权替孩子做出决定?巴桑措毛是一个可爱的女孩,文静秀气。也许是心理作用,我总觉得她脸上有淡淡的忧伤。

我原本很想问问她是否也想去上学,最终还是忍住了,我担心会伤着她。如果她已经感到自己不得不留在草原上,并为之伤心,谁又能忍心再去触碰她的伤心处呢？如果有那么些时候，巴桑措毛看到自己的姐姐和妹妹捧着一本书，她将会用怎样的眼神看她们呢？

对世代游牧为生的草原牧人来说，他们从来也没有像今天这样面对过一种人生抉择的艰难。不让孩子去上学不行，那是犯法；可让所有的孩子都去上学似乎也不行，那样就没人放牧了。当然，即使上了学，也不是所有的孩子再也不回来了，他们中的一部分肯定还会回来的。

但一个不容忽视的问题是，随着九年义务教育的普及——某种意义上，青海牧区义务教育普及已延伸至高中阶段，学前教育的全面普及也已提上议程，很快也将展开普及，可以想见，未来牧区国民普遍受教育程度无疑会空前提高。因而，整体上未来的草原牧人与他们的祖辈和父辈将有根本性的区别，无论是他们的思想观念还是人生信条都将发生颠覆性的变化。

要在以前，一个孩子到了六七岁，已经开始跟随父母学习放牧了，而现在他们要去上学了。如果不中途辍学，上完高中都已经是成人了。而此时，他们基本的人生理想和初步目标都已经确立和形成，他们已经不再是传统意义上的牧人，可以肯定，他们中的很多人，在完成高中阶段的学习之后，即使不会有继续深造的机会，也不会重新回到草原上放牧了。而在未来的中国，迟早有一天，国民义务教育的普及也一定会涵盖大学阶段。

一个上过大学、系统接受过现代教育的牧区孩子，某种意义上已经完成了对自己人生的塑造或改造，可以重新回到草原成为牧人的可能性很小。即使他们中的很多人愿意重新回到草原成为牧人，那也绝不是传统意义上的牧人，他们也许会成为未来中国的后现代牧场主，这将是中国牧区真正的未来和希望——也许这样的苗头已经开始出现。

前些日子，我看过一则电视报道，说的是有一对草原姐妹放下牧鞭到城镇谋生的事。她们从某县偏僻草原来到玉树州府结古，在一家餐厅找到了一份唱歌跳舞而不用下苦力的工作。报道用同期声翻译字幕告诉我们，这是新时代牧人转变传统观念、谋求幸福生活的典型案例，语气充满欣喜赞赏，令人鼓舞。

很多年了，这样的报道总是不经意间进入我们的视野，它想传递的一个信息是，守着传统畜牧经济和游牧生活并不是一个好的选择，至少不是唯一正确的选择。但是，如果用载歌载舞的方式就能告别一种延续了几千年的生产生活方式，谈何容易。

从人群生活方式以及文化形态的角度看，游牧人相对于农民或别的人群，都具有先天的表演天赋，有人将这种文化现象进一步演绎，总结说，牧人"会说话就会唱歌，会走路就会跳舞"。这话虽然有点儿夸张，但并非子虚乌有，作为一种文化现象，它的确是牧人区别于其他人群的显著标识。

也正因为如此，我们会不时地看到一个牧人的孩子，从容地出现在全国性的大舞台上，一鸣惊人。不说以前，仅2018年，"中国好声音""星光大道"的总冠军都来自青海草原。

但是，我可以负责任地告诉你，唱歌跳舞作为一种普遍存在的文化现象可以一直延续下去，而要作为整个民族赖以生存的根基却是行不通的。吉卜赛人就是例证。一个真正的牧人可以在放牧牛羊的间隙跳跳舞唱唱歌，但绝不能只唱歌跳舞而不去放牧。这是一种误导。

除非我们打算彻底告别游牧文化，这世界再也不需要牧人——其实，那还不仅是一种文化，而是一种文明。相对于自然生态，文化生态的退化远没有引起重视，所面临的形势也更加严峻，因而必须谨慎地看待这些变化，尤其是这些变化对传统游牧文化带来的文化心理和生态影响。

只要还有草原和牧人，就得有畜群，放牧才是牧人的根本。

嘎玛丹尖家里也已经不养羊了。把大女儿送去上学的那一年，他处理掉了最后的那一群羊。现在家里也只有牦牛了，有100多头。不过，牛群里还夹杂着3只羊，那不是普通的羊，而是放生羊，都已经献给了神灵。

我在《棕熊与房子》一书中有一篇写山羊的文字，里面写到过放生羊，片段摘录如下：

> 现在少了，以前的村庄和寺院周围有不少放生羊在随

处溜达，有时，它们还会出现在闹市和街区。沿街有很多店铺，它们从这家店铺出来又走进另一家店铺，像是在逛街，遇见的人也只当是缘分，并不稀奇。只是一旦发现，人和羊都正准备走进同一家店铺时，一般来说，人都会站到一旁，先会让羊进去。我想，那也许是羊已经放生，而人还不曾放生的缘故吧。

我们村庄里以前也有放生羊，我记得的最后一只放生羊是一只黑山羊，体型高大，健壮无比，像一个斗士。它总是雄赳赳、气昂昂地从村庄里走过，无论遇见人还是别的牲畜，几乎都不会主动避让。如有胆敢挑衅者，它甚至会用两只后腿支撑着整个身子直立起来，举着两支犄角像是随时准备着要决斗的样子。但是，它并不会真跟你决斗，而只是在逗你玩儿。如果你真迎上去，它会纵身一跃，跳到一旁走开的。当然——假如迎上去的也是一只羊或山羊，那就另当别论了。那时，它先会用坚硬的头颅撞击，而后毫不犹豫地将两支尖利的犄角直刺过来，如不及时躲避，它会刺穿任何动物的身体。而即便真发生了这样的事，人们也拿它没办法，因为它是放生羊，人无权处置一只放生羊。

久而久之，它似乎也意识到了自己所享有的这种特权，越发地肆无忌惮了，人们也只能忍着。有一天，它也会突然从村庄里消失，不见了。头几天，好像没人谈论过这件事，但从村庄里走过的人，脸上好像同时都挂着一张心照不宣的表情。几天之后，我才隐约听见"哦"的一声，像是从村庄的巷道深处传来的，又像是整个村庄发出来的。那声音从人们的心头呼啸而过，似乎传到了很远的地方。

之后，一片寂静。村庄好像空了。是因为那只放生羊走了的缘故吗？

草原上的放生羊也不例外。像天底下的羊都能发出同一种叫声，天底下的放生羊也都一样。有一天，整个达森草原也许会只剩下几只放生羊了——也许连放生羊也见不到了。因为没有了羊群，最后的放生羊离开这个世界之后，就没有羊可以放生了。当然，牧人可能还会用别的生命放生山野，但一定不会是羊。

这是羊的命运。可仅仅是羊的命运吗？好像不是。

达森草原有三个湖泊，一个是白湖，一个是青湖，第三个就是黑湖。

文扎说，去白湖和青湖的路很难走，他带我去看的是黑湖。去黑湖的时候，也要翻一座山，是从一列大山的垭口翻过去的。一过那个垭口，展现在眼前的是一片盆地样开阔的河谷草原，四面环山，远离尘嚣，宁静而一尘不染。

山下有河，河滨草滩有几片小湖，但那并不是黑湖，黑湖在大山东北的河谷，从那垭口是看不到的。河谷草原上有一大群牦牛，大约有300头。牛群边上还有一群马，至少也有几十匹。在今天的高寒牧场，这样的景致已经难得一见，即使偶尔能见到马，一般总是远远望见一匹马孤零零地在草原上，顶多也是三两匹马在一起，马群已经见不到了。

离牛群和马群不远，西北面的山坡上有牧人的帐篷。文扎说，那是格则阿达家的帐篷，我们要去他们家喝点儿茶，吃午饭。文扎还说，这是整个索布察耶一带最富的一户人家，有最大的牛群，一年放在山上的驮牛都有上百头。

格则阿达是一个勤劳的牧人，颇有经营头脑。他还很健谈，自从在他帐篷里坐下来，他的话一直没有停过。他有1个儿子和4个女儿，小女儿跟他一起生活，其他几个孩子都分家出去自己过了。格则阿达说，现在他们的牲畜已经算少了，最多的时候，他们家有500多只羊、270多头牦牛，而现在只有这些牦牛，羊却一只也不剩了。

不过，即使在牛羊最多的时候，他也从未单纯追求过牛羊的头数。他从不认为，牧人家的牛羊头数越多越好，最好的数量是恰到好处，不多也不少。当然，这很难控制，它需要精心谋划，要根据自己家的人口数量、劳动力、草场面积、牧草长势情况和生活所需，来求

达森黑湖

得一个最佳的峰值。他并不认为，自己做得如何好，但这的确是他一直坚守的一个经营之道。

也正是基于这样的考虑，以前，所有人家都有很多牛羊的时候，他家也没有养太多的牛羊，很多人家的牛羊都比他多，牛羊最多的人家，牛羊头数都在2000以上。而现在，大多数人家的牛羊都已经非常少了，他家的牲畜数量也一直稳定在几百头的规模。尽管，他家也没有羊了，但还有几百头牦牛。

他认为，适度的牲畜数量是保障牧人基本生活的根本，不能动摇。他从来都不相信，草原的退化跟牛羊有太大的关系。只要草长得好，牲畜也长得好，牧人觉得自己也好。当然，一片不大的草原上不能放牧太多的牛羊，更不能没有牛羊，没有牛羊的草原会退化，尤其是羊。牛羊的粪便是草原的营养，羊粪里还有草种，羊蹄子会把草种踩进泥土里，长出新的牧草。

格则阿达以自己的认识判断，把达森草原近百年的历史划分成了三个阶段：百户时期、人民公社时期和草场承包经营时期。他说，就牧人的生活而言，人民公社时期好于百户时期，承包经营时期又好于人民公社时期，是越来越好了。所有人都相信我们正生活在一个美好的时代，牧人从来都没有享受过今天这样的自由。

以前的牧人每年都要走很远的路，把很多牛羊赶到县城，还要自己宰杀了之后上缴给国家，那种精神现在没有了。现在，不但不用上缴，国家还给钱。虽然现在人们去县城的次数比以前多了，而且都有车，没人走路去，但仍感觉很累。他每次从县城回来，休息好几天才能缓过来。

可是，从牛羊牲畜的角度看，草原不如从前了。以前，草场是完整的，草长得好，高草区，旱獭在里面都看不见，游牧自由，牲畜的膘情也好。现在，草好像也没以前有营养了，牲畜的体格和膘情也大不如从前，能驮东西的驮牛也少了。

格则阿达在县城也买了房子，冬天，他住在县城里。但是，一到夏天，他还是愿意回到草原上。一个原因是，让女儿一个人在夏季牧场，太辛苦，他得回来帮她；再一个原因是，自己喜欢待在草原上。这里的水也干净，空气也干净。县城里的污水管道和吃水的管道就在一起，一看，就觉得不干净。

格则阿达家扎帐篷的地方在山坡高处的一片台地上，站在他家帐篷前，四面山野和整个山谷都在眼前，视野开阔，我愿意这里是我们新的驻地。可是，到太阳快落山的时候，坐在身边的文扎却问我，看得是否差不多了？如果差不多了，我们也该走了。我说，我们不住在这里吗？文扎肯定地回答，不住。说，今晚我们要住到山下的黑湖边上。我心想，能住在一个碧波荡漾的去处也是幸事，便不觉得离开是一种遗憾。

从那里下了山坡，走不远就是黑湖，可我们并没有在湖边停留。

车从左侧湖滨开了过去，快走到谷口了，才停住。此处与湖区大约还有一公里的距离，不远，也不近。住在这个地方，夜里，也许尚能听到流水声，黑湖的夜景却是肯定看不到了。此时，天是阴的，有一会儿还飘过几滴细雨。如果夜里，天气晴好，站在湖边，就能看到一湖星辰。但是，这里有两户牧人，这一路，我们的驻地都选在一户牧人家跟前。

这是我们选择驻扎营地时所考虑的一个主要因素，其次才是风光景致和环境。当然，有时候，这两个因素也会反过来，我们会先选一个地方，之后再找一户牧人做邻居。选择住在这个谷口地带，当时，我想是属于后一种情况。后来才得知，它另有深意。

抵达这个地方时，正好大雨倾盆，我们只好先到牧人的帐篷里躲雨。我们去的是贡桑家的帐篷，除了躲雨，也去跟他们打个招呼，说我们要在这里住一夜，要打扰他们了。

听到汽车在自家帐篷前停下，一个留长发、穿长袍的男人揭开门帘从帐篷里出来，头发梳到脑后扎着一根粗粗的辫子。令我感到惊讶的是，他弯腰踱出帐外时，手里还拿着一本书，像是突然听到声响，未及合上书卷就出来了，看到雨，才将书页合上，感觉像个世外高人。尽管只是一夜，但是贡桑一家依然很乐意我们能成为他们家的新邻居。

与别人家在夏季牧场的帐篷所不同的是，贡桑家住的不是有棱角的藏式帐篷，而是一顶改进过的圆形蒙古包，据说是从格尔木定做的。

相比藏式帐篷,它更加宽敞,更加实用,也更像一座房子。听着雨声,坐在那蒙古包里喝茶说话时,文扎说,这雨下得及时,是在给我们洗尘,于是欢喜。

我注意到坐在对面的贡桑还拿着那本书,不时地还会低头瞄上一眼。我一边喝茶听他们说话,一边盯着那本书。看上去,那是一本很普通的书,比小 32 开还小,纸张也不是很好,而且从书脊和封面上的污渍能看出,它已经很旧了。

但我确信,那不是一本普通的书,而是一部佛经——虽然任何经卷都是书籍。我无法确定的是,一个普通牧人对一部书籍何以如此痴迷?究竟是什么令他爱不释手?文扎说,贡桑好像也只上过小学,没读过几年书,简单地阅读可能没有问题,但要读懂一部经文,仅靠那一点儿知识是不够的。但是,贡桑的样子不像是简单的阅读,他已沉浸其中……贡桑也注意到我一直盯着那本书看,他才转身放下,就放在自己身边,放下之后还没忘再看上一眼,恋恋不舍的样子。

这时,突然听不到雨声了。雨停了。

我们在这两户牧人的帐篷前选了一块平地,开始扎帐篷,贡桑一直跑前跑后地帮忙。我们的帐篷与这两户牧人的帐篷呈一个等腰三角形,从我们的帐篷到两户牧人帐篷的距离差不多。扎好帐篷,把被褥抱进去时,我们发现被褥都被淋湿了。正为此担心,文扎却让我好好看看这个谷口，说这个地方是个宝地，叫"穹宫籁"，翻译成汉语就是"坛城"的意思。还说，并不是所有人都有这样的福报，一生一世能有一次住在一座坛城里的机缘，哪怕只是一夜。

今晚我们就要住在坛城里，受到神圣的庇护，远离烦恼，任何妖魔鬼怪都不会靠近，试想，这是何等地造化？不过，我还是觉得，一个地方，五世达赖那样的人住过了，可能是坛城，而对一个普通人来说，那也只是一个地方——你所住过的任何一个地方都不会成为坛城的。

去黑湖是扎好帐篷以后的事。去黑湖的路上又落了几滴雨，到黑湖边上时雨停了。停了一会儿又开始下。黑湖不大，整个水域面积顶多也不会超过5平方公里。而且，它还不是一个湖泊，而由上下两个大小不一的湖泊组成。看上去，它们各自独立，然水系却是贯通的，下一个湖泊的水是从上一个湖泊流下来的，之后又从地下穿过湖岸流向山外。上面的湖小一点儿，它的样子据说像一条金鱼，我没看出来。贡桑说，这是因为雨季湖水上涨，到了枯水季节，水面下降，鱼的形象才会清晰起来。

两湖之间是一片狭长的草地，宽不过数丈，我就在那草地上来回穿梭，观赏湖光山色。文扎说，上下两湖之间还有一条地下水上通道，有时候会看到水鸭子通过那水道，从上面的湖中游到下面的湖里。

雨像是要下大的样子，文扎、嘉洛和贡桑三人要去登上湖对面那座陡峭高耸的山崖，从那里俯瞰黑湖。我有点儿累，欧沙腿不好，也怕上不去，我们就在那湖边流连。我们看到他们登上了那山崖，在上面大声呼唤，手舞足蹈。只停留了一小会儿，他们开始往回走。雨也下大了，我们便坐到车上去等。

从黑湖往回走的路上，雨又停了，天像是要放晴的样子，西面山顶，云层像是要散了，露出一角蓝蓝的天空。文扎让欧沙停车，说我们稍停片刻。我问为什么，他说，等一下彩虹。我这还是生平第一次停在路上等待彩虹的出现。

彩虹没有立刻出现。彩虹出现时，我们快回到驻地了。那是一道并不大鲜亮的彩虹，但依然能清晰地看出那是一道彩虹。彩虹相对鲜亮的一头落在北面山头上，另一头伸向南面河谷，越往南越显暗淡，最终隐在云层中，如不仔细看，都看不到了。而那彩虹罩着的地方就是穹宫籁——坛城，我们的驻地。

回到驻地时，我很饿，大家也饿了。我们没回自己的帐篷，直接去了贡桑家的蒙古包。桌上已经摆放着很多吃的，坐下之后主人又端来风干牦牛肉。贡桑家的风干肉保存得很好，像是新做的，味道也很好，我吃了很多——那是我第一次吃那么多的风干肉，一边就着奶茶吃风干肉，一边跟贡桑一家人说着话。

当我再次端起茶碗，把一口热茶灌进嘴里时，发现他们家的奶茶里调的牛奶要比别人家的多很多，因而更好喝，跟记忆中的味道一模

彩虹在我们的帐篷上

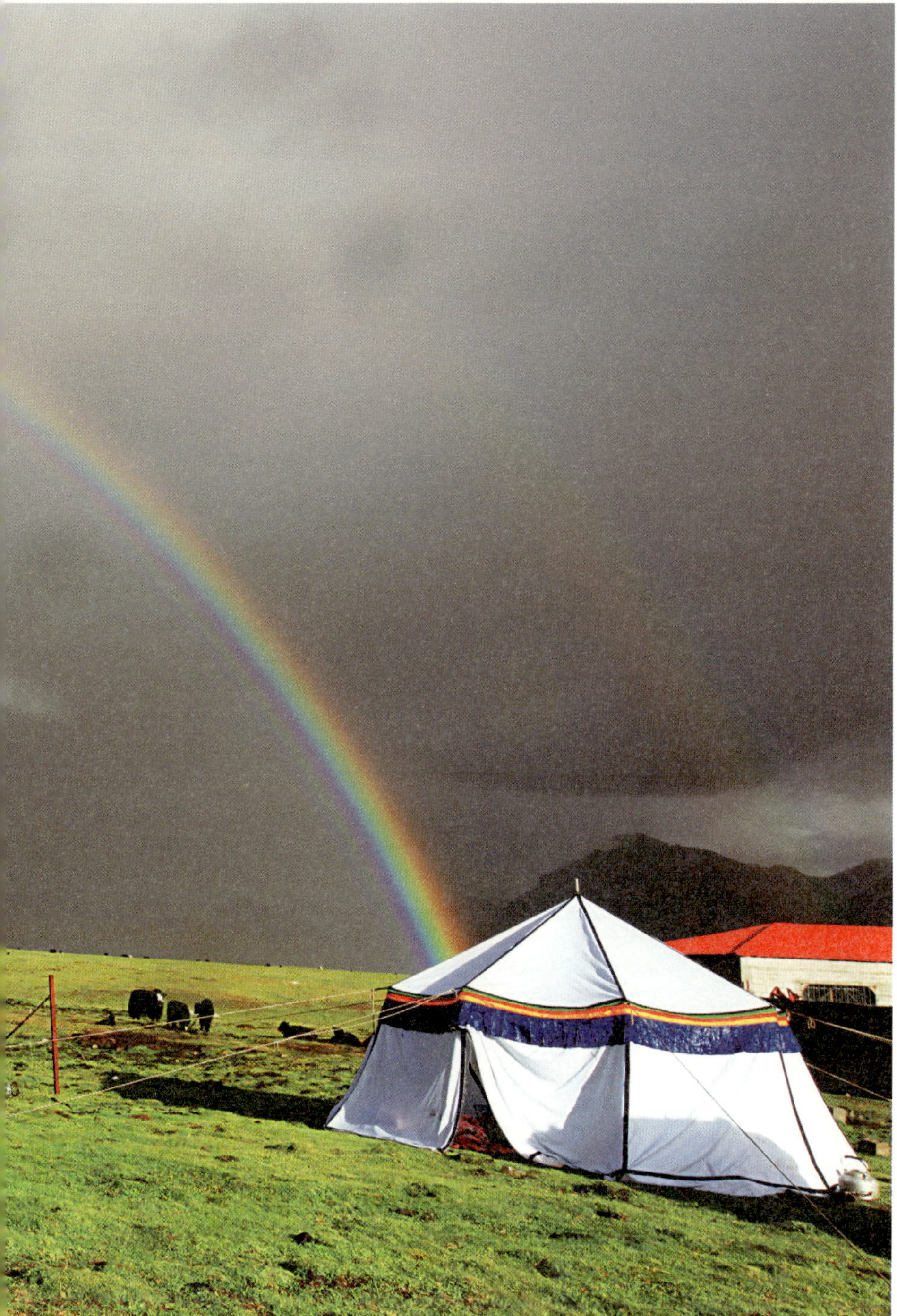

一样。

记忆中，夏季牧场上所有牧人家的奶茶都调了很多的牛奶，因为有足够多的牛奶，能放多少就放多少，茶碗在桌上稍微一放，上面就糊上一层厚厚的奶皮。这次在达森草原，除了贡桑家，我一直没喝到那样的奶茶。嘉洛说，现在，他们大部分人家把多余的牛奶都拿去卖了，变成了收入，自己熬奶茶时，也不会像以前一样放太多的牛奶。

我原以为，贡桑家养着很多牦牛，牛奶也很多，但是，一问才知道，他家只养着二十几头牦牛，其中奶牛只有十几头，即使在今天也算是很少了。不仅如此，与很多牧人一天挤好几次牛奶的做法不一样的是，贡桑家一天只挤一次牛奶。这还是在夏季牧场的时候，要是到了冬季，虽然一天也挤一次，但每次都不会挤太多。

贡桑说，母亲的乳汁原本就是给孩子的，牛奶也是母乳，原本也是母牛给小牛犊吃的，即使你挤很少的一点儿奶，也是在跟小牛犊抢奶吃。所以，不能太过贪婪，首先得保证每一头小牛犊都有足够的牛奶，如果它们吃不完，人才可以跟它们分享。从这个意义上说，草原、雪山、河流以及牛羊对人都是有恩的，是它们养育了我们。这是慈悲。人应该懂得感恩，应该知恩图报，善待草原、雪山、水源和牛羊。如果人太过贪婪、不知足，挤多少奶都嫌少，对小牛犊和母牛都是一种伤害，最终也会伤害自己。

二十几头牦牛不足以养活一家人，那么贡桑一家是靠什么生活的呢？这是一个疑问。进一步的交谈中我才得知，他们家的主要收入来源不是牲畜，而是虫草。他们家的冬季牧场在多彩河流域，是治多县虫草最好的地方。他自己每年能挖几百根虫草，加上女儿采挖的，一年大概在 700 根，有两三万元的收入，虽然不是很多，但维持一家人的生计足够了。他很知足，也很感恩。

贡桑说，只要善待草原和牛羊，你总能得到额外的回报。以前他们家的冬季草场上也不长多少虫草，这几年，那里的虫草却越长越好。他觉得这是他善待草原、牛羊的结果。

贡桑与女儿南吉吉一起生活，女婿也去为防止外人进入采挖知母而设的卡子上守卡子去了，女儿在家里。在家的还有他妻子白玛堪卓和俩外孙，外孙女才两岁，外孙子六岁，正是调皮的时候。我注意到，门口草地上和蒙古包里面到处都能看到一些塑料水枪、卡车、电话机等玩具，塑料瓶装饮料和红烧方便面及各种小零食的包装物也随处可见。

如果让现在的草原孩子在一瓶冰红茶或可乐与一碗奶茶里做出选择，他担心他们会选前者。很多迹象表明，现在，这些高寒草原深处的孩子跟城里的孩子一样，也喜欢这些象征现代文明成果的玩具和食物。因而，他们也许是幸运的一代，也许不是——因为有了这些玩具，以前草原上的孩子都会玩的很多游戏他们可能就不会了；因为有了这些方便食物和饮品，他们对奶茶的醇厚也不会难以忘怀了。为此，未来的草原一定会遗失一些东西,而且,我相信,那些东西是再多的塑料玩具和方便食品都无法替代的。

后来,我知道,贡桑是格则阿达的弟弟。弟兄俩的夏季牧场是相连的,但从弟弟家的蒙古包前看不见哥哥家的帐篷。也许偶尔能望见一缕炊烟飘过,于是,彼此明白,日子在继续,他也安好。知道彼此安好,是为吉祥,便安心自在。

临别的那天早上,贡桑突然想起,应该给我们讲讲他家前面的那座山,他说,这座山是克嘉嘎哇山神之子东见热阿雪晶却德,也是一座有名的神山。五世达赖喇嘛进京觐见皇帝时,曾路过此地,曾在这谷口住过,因而才有了坛城的名字。传说,五世达赖曾爬到半山的崖壁上,顺手把一根木头插在悬崖上。后来,有人爬上去看过,有的说是木头,也有的说是石头。我朝那崖壁上看了很久,因为离得太远,什么都没看到。

贡桑说,东见热阿雪晶却德山顶有冰川,传说是一颗巨大的水晶宝珠,一直在不断生长。以前只有一肘那么高,现在已经长得很高了,一个人站到那里,都够不到顶了。

不过,我依然不能确定是否真有人看到过那水晶宝珠,说不定,那只是想象,是一个梦。可是,谁又能怀疑它在人们心里的意义呢?

后　记

　　记不清是什么时候，"源"文化的概念进入了我的生活。我与"源"文化似乎是一体的，但生活在"源"文化的浓厚氛围之中，却很少关注和思考过"源"文化的价值和意义。

　　搜寻记忆之源，曾经有一部电视纪录片，是原玉树州政协副主席、玉树州文联首任主席、著名作家昂嘎先生拍摄的《各拉丹冬的儿女》。这是一部令人震撼的佳作，首次将人与"源"相连接，让人们的目光开始转向了自然的存在状态。尽管他已经仙逝，不能看到这套"源文化"丛书。但是，他的思想和精神却在这里延续。他是"源"文化的启蒙者。2008 年我的《寻根长江源》，他给予了较高评价，并鼓励我"走出长江源，走向三江源，走向青藏高原"。从那时起，我潜意识里早已认定自己是各拉丹冬的儿女，便在不经意间盼望着能够亲近这座耸立于长江源的雪山。在此后的岁月里，我似乎一直在走向各拉丹冬。直到各拉丹冬的冰川还未完全融化的 2002 年，我终于站在海拔 5000 多米的冈加却巴冰川前。当我看着万里长江的第一滴水珠滴落在大地的刹那间，我仿佛洞察到了人类心灵深处那根深蒂固的"源"

文化情结。汉文化对于探源有着2000多年的漫长历史。而游牧人因着"逐水草而居"的千年游牧文化,探"源"几乎是与千年的游牧生活相伴的,对于"源"充满了母亲般的感恩。所谓"逐水草","逐"的可是人畜生存的基本条件。在青藏文化的千年历史中,虽然未曾发现有关大规模探源的历史记载,但是从游牧人生存的角度而言,一个游牧人或者说一个游牧部落,一定有寻找水源的经历。当我们沿着通天河、黄河和澜沧江寻根溯源时,那注入江河的每一条溪流,都滋养着沿岸的无数生灵。我们可以推想,每条小溪的源头,很有可能都住着一户游牧人家。他们驻扎于此,在不了解游牧生活的人看来,只是人生旅途中一次偶然的停泊。其实,对于游牧人来讲,那是一次探源之旅的选择。在青藏高原的万山之中流动的无数涓涓细流,皆从"源"而来。如果我们人类不以某个概念限定自然的法度,而依照大自然本身固有的状态来讲,整个青藏高原布满了"源",无数个"源"形成了三江源。在八百里通天河的两岸,除了少数牧户和村庄在饮用通天河水外,沿岸的寺院、村落大都有一条充满传奇故事的饮用水源。

千年的寻根溯源,所寻找的并不仅仅是自然的水源。探寻到某条河流的源头,其实也不过是自然地理的存在形式。那从大地上汩汩冒出的泉水,我们人类的目光未曾与它相遇前,"存在"在那里早已等着我们。为何有人在黄河源头,从沼泽地里冒出的一支溪流前泪眼模糊,诗情喷涌?为何有人在各拉丹冬的雪山脚下,五体投地,叩首大地？为何在澜沧江源的吉祥泉，才想起敬天地、赞日月？所谓"饮水思源"，是人类共同的情感。"思源"一定是不由自主的，就像孩子思念母亲。这"源"字能启开人类情感的阀门，唤回久已迷失于人类文明的童心。它没有民族，不分宗教，也无性别，甚至不限于人类，能够超越人类自制的樊笼。"源"能"启生人之耳目，穷法度之本源"。

在通天河南源莫曲河的源头，有一条泉水，名曰"切果阿妈"。"切果"有源头之意。"阿妈"似乎不用翻译，全人类各民族的语言中都有类似的词语。如此普通的一条泉水，却点开了"源"的密码——母亲。传说宗喀巴大师，少年离开家、离开母亲，西去拉萨求学，终生钻研佛学，探究人生哲学，开创了显密圆融的新学派。到晚年，已是声名远播的大智者、大成就者，被尊称为"佛陀第二"。传说某天，他在甘丹寺东边山腰传法，忽闻布谷鸟鸣叫。这声音勾起他对远在宗喀山下的母亲的怀念，大师不由自主地叫了声"阿妈"。传说弥底大师是印度的大班智达。他远离自己的家乡，抛却地位和名誉，跋山涉水来到雪域高原，甘愿过给人打工放羊的生活，据说是为了超度投生雪域受难的母亲。我想他也曾经在心底无数次地呼唤过"阿妈"。那可是他生命的源头啊！

江河溯源，那源头便是一切生命的"切果阿妈"。历史探寻到原始，神话是历史之源；哲学的发端，与神话相连；充满传奇的神话是信仰诞生的源头；生命追寻到起点，母亲是最后的归宿。一切民族的文明源头，都有一条被称为"母亲"的江河。这"母亲"乃是万物之源，生命之源，文明之源。

我们在源头看到的不仅是江河的摇篮，其实在那里能够寻找到人类的情感之源，哲学的思想雏形，神话的原始风貌，史诗的现场演绎，文明的一缕曙光。总之，那里充满了"源"文化的氤氲和诱惑。

我一直想用文学的方式向世人展现"源"文化的魅力。缘此，2017年，在玉树州政府的有力支持下，组织发起了"中国人文生态作家团'源'文化考察活动"，使一批智慧而充满情感的著名作家，踏上了"源"文化的生发现场，他（她）们从不同层面，以不同视角观照那充满母爱和魅力的"源"文化，并以各自的方式表达了不同的思想。

古岳是一位行走大地的智者。他是用纪实性的笔法探求真理的大作家，同时又是守望三江源，投身"源"文化的生态守护者。二十多年的岁月里，他持续《忧患江河源》，他深深眷恋着这片土地，他甚至有《写给三江源的情书》。他的《冻土笔记》是超验地观察到并忧患源文化之"源"的一部力作。杨勇，是一位解读三江源地理密码的行走者。自20世纪80年代勇漂通天河之后，他与"源"文化结下了不解之缘。三十余年，三江源的山水间留下了他的脚印。《发现三江源》，必定是他探险人生的精彩篇章。于坚，"作为中国第三代诗人的代表人物"，近年"他在散文方面又大放异彩"。他的《在源头》，以现场感极强的语言传递一种"源"文化的魅力。王剑冰是一位满怀诗情的散文大家,他以一位朝圣者的心态踏上了"源"文化寻根之路,以无限崇敬之情用他的笔墨捧起了《江源在上》。唐涓,一位深情关注青藏文化的散文家。她观察独到、文笔细腻,她的散文具有"诗化语言"的魅力。她虽身在城市,但她的情感在《江源栖居》。随着对"源"文化的不断深入了解,我发现自己永远只是一个求道者。所谓"道法自然",我问道的重点在"源"。"源"文化是取法于自然的"道",因而我越发觉得自己只有谦卑地《问道三江源》的资格。

"源文化"丛书,即将面世。这套丛书的完成倾注了许多人的心血和汗水。丛书的每一位作家,全身心投入"源文化"的考察,付出了辛勤和智慧。在感谢几位作家的同时,不能忘记一起走过三江源的著名摄影家高屯子,《三江源生态人文杂志》主编杨上青女士,诗人爱若兄、耿国彪和赵永红女士等几位知心朋友。在此向各位朋友表达诚挚的谢意!丛书所以能够与读者见面,归功于玉树州政府及才让太州长的有力支持。才让太州长似乎对"源"文化早已有着深刻的思考和研究,稍稍点开,便能兴趣盎然地与你畅谈三江之源。在此,我用恭敬的双手向才让太州长献一条感恩的哈达!

在此要特别感恩的是著名作家马丽华。2017年,她不仅亲临"第三届嘎嘉洛文化学术研讨会——'源'文化论坛"现场,而且应诺为"源文化"丛书作序。她的《走过西藏》曾经给了我无限的希望和自信。从那时起,我开始关注青藏高原,关注青藏文化,审视自己脚下的这一片热土。从某种角度而言,《走过西藏》是"源文化"最接地气的佳作。其次要感谢著名画家嘎玛·多吉次仁(吾要)。他怀着对三江源故土的一片情怀,欣然答应承接"源文化"丛书的装帧设计工作。他是美术界的"哲学家"。他在三十多年的艺术探索中,创造了独特的艺术语言与符号元素,作品内涵丰富、寓意深邃。从他的绘画中能够看到佛陀的般若、老子的智慧。感谢原玉树州文联主席彭措达哇的热情支持和积极参与,感谢杂多县委书记才旦周的关怀和支持,感谢索南尼玛、布多杰、欧沙、才仁索南和阿琼等朋友无微不至的后勤工作和呵护。

最后还要郑重地感谢青海人民出版社总编辑王绍玉先生,他在丛书的出版上给予了大力的支持。感谢我的妻子及家人的支持,因为家是我心灵停泊的码头和扬帆远航的动力。

文 扎

2020年9月底初稿

2020年10月底修订